HEYNE BÜCHER

In der Perry-Rhodan-Reihe
sind als Heyne-Taschenbücher erschienen:

Planet der Mock · Band 16/1
Der große Denker von Gol · Band 16/2
Schatzkammer der Sterne · Band 16/3
Sturz in die Ewigkeit · Band 16/4
Die verhängnisvolle Expedition · Band 16/5
Die Tochter des Roboters · Band 16/6
Die Zeitspringer · Band 16/7
Am Rand des blauen Nebels · Band 16/8
Terra in Trance · Band 16/368
Das Aralon-Komplott · Band 16/369
Welt der Prospektoren · Band 16/370
Luminia ruft · Band 16/371
Das Gremium der Vier · Band 16/372
Deserteur der USO · Band 16/373
Die Wurzeln des Todes · Band 16/374
Halo 1146 · Band 16/375
Die Toleranz-Revolution · Band 16/376
Tränen vom Himmel · Band 16/377
Die Elixiere von Chubbid · Band 16/378
Sturm der neuen Zeit · Band 16/379
Als die Kröten kamen · Band 16/380
Verlorenes Leben · Band 16/381
Das sterbende Imperium · Band 16/382
ELOHIM II · Band 16/383
Das Bermuda-Loch · Band 16/384
Eisige Zukunft · Band 16/385
Welt über den Wolken · Band 16/386

Perry Rhodan

HÖLLE HOCH VIER

**Agama IV ist eine Minen-Welt -
eine der härtesten in der Galaxis**

Ein Planetenroman von
KONRAD SCHAEF

Originalausgabe

WILHELM HEYNE VERLAG
MÜNCHEN

PERRY RHODAN
Nr. 16/387

Redaktion: Klaus N. Frick

Printed in France 1995
Umschlagillustration: Alfred Kelsner, Bünde
Umschlaggestaltung: Atelier Ingrid Schütz, München
Satz: Compusatz GmbH, München
Druck und Bindung: Brodard & Taupin

ISBN 3-453-09016-0

1.

»Hol-ihn-zu-rück, Capo!« gellte eine Stimme im Stakkato. »Verdammt, hol-ihn-da-raus!«

»Klappe, Ryan!« schnappte der Mann hinter den Steuerkonsolen; seine Stimme klang rauh und schroff. Und lauter: »Ihr alle!« Vernon Almod war über einen Meter achtzig groß, mehr als hundert Kilo schwer, mit breitem, muskulösem Brustkasten und schwellendem Bizeps. Die grauen Augen in dem kurzgeschorenen Schädel verliehen ihm einen Ausdruck unbeugsamer Härte.

Das Stimmendurcheinander der vier anderen Miner im Carrier verebbte abrupt. Er warf einen Blick auf das Statusdisplay vor ihm. Die pulsierende Anzeige des Individualtasters innerhalb des Rasternetzes, das die vor ihnen liegende Oberfläche von *Agama IV* auf einem Monitor als vom Computer generiertes topographisches Modell darstellte, signalisierte mit penetranter Gleichförmigkeit, daß der arme Teufel irgendwo vor ihnen in diesem Mahlstrom aus Sand, Steinen und harter Strahlung zumindest noch am Leben war.

Für wie lange noch ...

Das Aufspüren von Decon war mit der Einsatzleitung ausgehandelt und für die Dauer von fünfundvierzig Minuten genehmigt worden; davon waren zehn bereits vorüber. Sie hatten wenig Zeit; verdammt wenig sogar. Jeder wußte es. Vor allem Almod, der die Verantwortung für die Gruppe hatte. Und dieses Wissen verdüsterte sein Gesicht. Immerhin war Devon nach ihm der älteste und erfahrenste Mann in dem sechsköpfigen Team und in der Lage, ihn beim Führen des riesenhaften Förderroboters zu vertreten; das zählte. Es zählte fast soviel wie die Loyalität, die er der Minenholding gegenüber empfand.

Die Suche nach dem Ausreißer war zwar so gut wie beendet, seit die Instrumente sein Lebenserhaltungssystem aufgespürt hatten; vor wenigen Minuten erst hatten sie das Orterecho der verlassenen, primitiven Antigravplattform überflogen, die Decon aus einer Transportpalette ausgebaut und zur Flucht aus der Niederlassung benutzt hatte. Almod wußte nur zu gut, daß dem armen Teufel dort draußen, der jetzt zu Fuß in dieser Hölle unterwegs war, höchsten 30 Minuten blieben. Kam er innerhalb dieser Zeitspanne nicht in die Hände der Medo-Robots, mußte er als Verlust verbucht werden.

Der wievielte eigentlich schon? Und was brachte die Kerle dazu, aus der Mine zu flüchten?

Der Gedanke verschwand so schnell aus seinem Kopf, wie Wasser einen Abfluß hinuntergurgelte.

Almod runzelte angestrengt die Stirn, während er mit verkniffenen Augen das Wüten des Sturmes vor der zerschrammten Frontscheibe aus Glassit zu durchdringen suchte. Die Sicht war gleich Null, trotz der blendenden Helligkeit. Der Sonnensturm näherte sich seinem Maximum; niemand mehr begab sich jetzt auf Agama IV ohne zwingenden Grund ins Freie, verließ den Schutz der gesicherten Unterkünfte oder den der speziell abgeschirmten Kabinen auf den Schürfrobotern. Niemand – bis auf die paar Verrückten, die jemanden zu retten suchten, der vermutlich bereits mehr tot als lebendig war.

Draußen brannte die Atmosphäre in orangefarbenem Feuer, durchsetzt mit blauen, irrlichternden Blitzen. Das Prasseln von Sand und Steinen auf der buckligen Terkonithülle des Carriers klang wie immerwährender

Donner; die richtige Begleitmusik zu den zuckenden Entladungen der ionisierten Atmosphäre. Die Tagseite des Planeten verwandelte sich in eine Strahlenhölle.

In eine Hölle Hoch Vier ..., wie irgend so ein Scherzbold von Minenarbeiter an die Korridorwand zu den Duschräumen gesprayt hatte; Almod merkte es nicht, doch sein Mund verzog sich zu einem mürrischen Grinsen. Der Job war hart, zugegeben, war monoton und kaum von Abwechslungen unterbrochen, sah man von den Besäufnissen ab, die hin und wieder in den Cafeterias der Minenstadt über die Bühne gingen. Aber das war wohl jeder Job im Erzabbau, hart und wenig abwechslungsreich – auf die eine oder andere Weise. Egal, welchem Minenkonzern man seine Arbeitskraft verschrieb, welcher Planet gerade opportun war. Und Almod hatte in seinem Leben schon einige gesehen; nur wenige waren paradiesische Plätze gewesen, die meisten entpuppten sich als Extremwelten – mit entsprechend ungastlichen Lebensbedingungen. Auch Agama war ...

War was?

... war schon in Ordnung. Obwohl ein Teil von ihm hartnäckig darauf bestand, daß dies nicht der Begriff war, den er gesucht hatte, wußte ein anderer Teil, daß es keinen Sinn hatte, sich zu erinnern. Er kniff die Lippen zusammen und konzentrierte sich auf den Flug.

In diesem Inferno sich nur auf die Uralt-Positronik des Zubringers zu verlassen, schien wenig ratsam. Und so hatte Almod sein ganzes Können aufzubieten, den taumelnden Carrier, der für Unternehmungen dieser Art nur unvollkommen geeignet war, von den Felsen fernzuhalten, die sich links und rechts auftürmten. Mußte sich Decon auch gerade eine Sonnenmaxima aussuchen? Die Prallfeldgeneratoren wimmerten gequält, als er den Carrier brutal in eine Rechtskurve zwang und ihn mit Vollschub von der Wand löste, gegen die ihn eine Sturmböe klatschen wollte. Die Miner wurden in die Sitze gepreßt. Schmerzhaftes Stöhnen flackerte durch die Kabine. Almod verzog die Mundwinkel zu einem schiefen Grinsen; seine Reflexe waren immer noch so wie ... *Ja, wie? Wie damals? Wann damals?*

Der Mann forschte in seinem Gedächtnis nach Dingen und Ereignissen, die er eigentlich hätte wissen sollen, aber augenscheinlich vergessen hatte. Die verbissene Suche nach den Erinnerungen verursachte einen pochenden Schmerz im Nacken ... *»Hör auf! Hör auf damit!«*

Ihnen blieben noch dreiundzwanzig Minuten und ebenso viele Sekunden, Decons Leben zu retten ...

Über den Lautsprecher des Interkoms zwängten sich Stimmen in die Enge der Kabine. Fordernd. Drängend. Sie rissen ihn aus seinen quälenden Gedanken. Schließlich schälte sich das pfeifende, schneidende Organ Sianas aus einer im Hintergrund mit Vehemenz geführten Unterhaltung.

»Almod! Umkehren! Es bleiben euch nur noch zwanzig Minuten. Wenn ihr die überzieht, dürft ihr die nächsten zwanzig Stunden in eurer Blechbüchse schmoren. Eure Chromosomen könnt ihr dann in den Müll werfen. Vergeßt Decon. Der Narr ist jetzt schon tot, das wißt ihr ganz genau. Also laßt ihn, wo er ist, und tanzt hier an! Wir kümmern uns später darum.«

Der Befehl griff auf zwei Ebenen nach Almod: einmal per Funkstrecke über das Ohr, zum anderen über eine subvokale Verbindung, auf die Almod jedoch genausowenig reagierte wie auf den mündlichen Befehl. Seine Mundwinkel zuckten, als er antwortete:

»Du kannst deinen Arsch darauf verwetten ...«, jemand im Fahrgastraum des Carriers kicherte leicht hysterisch »... daß ich das nicht tue«, gab er ärgerlich zurück. »...weiß selbst, wann es Zeit ist, umzukehren. Und jetzt nerv' mich nicht länger, hab' verdammt zu tun. Ende!«

Die Stimme am anderen Ende des Lautsprechers schien klug genug, es dabei zu belassen.

Almod hatte die Diskussion schon wieder vergessen, konzentrierte sich voll auf den Flug. Seine Linke schien mit dem Trackball der Steuerung wie verwachsen. Der Blip auf dem Rasterschirm war inzwischen zu einem konzentrischen Ring geworden – sie hatten Decon fast erreicht. Vor ihnen klaffte eine Schlucht, kaum breiter als der Carrier selbst. Almod zwang das Gefährt nach unten, raus aus dem Inferno des Orkans und damit weg von den elektrischen Entladungen, die die positronische Ortung zu einer schlecht auflösenden Computergrafik verkümmern ließen, hinein in die Enge des Einschnitts, bewußt das protestierende Kreischen der Abstandsstabilisatoren ignorierend, das immer dann die Kabine erfüllte, sobald die Wände gefährlich eng zusammenrückten. Der Boden schoß empor, dann nach hinten weg; der Druck des Prallfeldes erzeugte eine wirbelnde Staubschleppe. Die Augen des Capos brannten vor Anspannung und Konzentration. Immerhin, die Ergebnisse der Tasterortung im Bug des Carriers wurden von der Positronik auf zwei Bildschirmen nun erneut als hoch auflösende Bilder wiedergegeben.

»Da! Dort ist er!« rief der Miner im Sitz rechts von Almod zeitgleich mit dem nervenden elektronischen Signal, das die Kongruenz von Ortung und Ziel auslöste.

»Bingo!« knurrte Almod.

Metall kreischte, als er den Carrier hart auf den Boden der schmalen Schlucht niedersetzte. Sie hatten Decon erreicht. Durch die Kanzelverglasung sahen die Männer die verkrümmte Gestalt im Geröll liegen, umtanzt von

Staub- und Sandwirbeln. Der Capo hieb auf eine breite Taste; zischend hob ein Servo das Seitenschott etwas an – ein weiterer Servo ließ es knirschend in der Laufschiene nach hinten rucken; die Umweltbedingungen auf Agama IV machten jeder Technik zu schaffen. Plötzlich war das Innere des Carriers erfüllt von Staub und Sand, vom Tosen und Lärmen des Sturmes über der Schlucht, vom penetranten Wimmern der Strahlenwarnung. Almod wandte sich im Sitz um. »Raus – Ryan, Myce! Los, los ... bewegt eure lahmen Ärsche!« Er mußte nahezu schreien, um die Geräuschorgie zu übertönen.

Das Schott klaffte ganz auf; die beiden Männer gerieten in Bewegung. Fäuste hieben auf die Sicherungstasten. Gurte pfiffen sirrend in die Rückenschalen zurück, gaben die Miner frei. Sie schlossen die strahlensicheren Anzüge – polarisierende Visiere bedeckten ihre Gesichter – und stießen sich hoch. Eins, zwei Schritte, dann verschwanden sie durch das Schott nach draußen, tauchten ein in das wabernde Inferno der elektrostatischen Entladungen, die die Atmosphäre zum Glühen brachten, Sie hetzten zu der Stelle, wo Decon lag, hoben die Gestalt vom Boden – und kamen im Eiltempo wieder zurück. Fluchend und keuchend zwängten sie sich durch das Schott ins Innere des Carriers; Sand knirschte unter ihren Stiefeln.

Während sie Decon, der kein sichtbares Lebenszeichen von sich gab, fast sanft in dem freien Sitz unterbrachten und die Gurte um ihn legten, zog Almod den Carrier bereits wieder vom Boden hoch. Knirschend schloß sich das Schott. Der Capo wendete das flache Ellipsoid, dessen ehemals warnend gelb-schwarze Lackierung an vielen Stellen von der Sandstrahl-Atmosphäre des Erzplaneten bis aufs bloße Metall abgeschliffen war, auf der Stelle. Dann zog er das Shuttle hoch, heraus aus der Schlucht und hinauf in den tobenden Sturm, beschleunigte stark und richtete den Bug auf die ferne Minenstadt, von der sie aufgebrochen waren.

... zu spät. Viel zu spät ... Almod versuchte die hartnäckige Stimme tief im Hinterkopf zu ignorieren und wußte gleichzeitig, daß sie wohl auf eine erschreckende Weise recht behalten würde.

»Warum hat es nicht funktioniert?«

Der Sprecher trug entgegen aller Gewohnheit einen pechschwarzen Umhang. Im Raum schien sich Eiseskälte auszubreiten, obwohl es so heiß wie immer war; draußen vor den Glassitscheiben des Kontrollturmes gewannen die elektrostatischen Stürme noch an Heftigkeit. Nicht mehr lange, und die Sonnenmaxima hatte ihren höchsten Punkt erreicht.

Ohne den tellerförmigen Kopf wenden zu müssen, blickte der Blue mißtrauisch in die Runde. Seine Frage galt jedoch einzig und allein dem Mann vom Planeten Aralon, der sich jetzt von den Kontrollschirmen abwandte, in den Gliedersessel zurücklehnte und dem Blue aus unergründlichen Augen einen Blick zuwarf.

Den hageren, feingliedrigen Ara-Mediziner, mit zwei Meter zehn ebenso groß wie Sianas, umgab die Aura eines Mannes, der viel Elend und Leid in seinem Leben gesehen, jedoch alles zu ertragen gelernt hatte. Mit seiner dunklen trägen Stimme fragte er: »Was?«

Die Stimme des Blue begann zu pfeifen; untrügliches Zeichen seines nur mühsam unterdrückten Ärgers.

»Bei allen Geistern von Tentra! Tu nicht so einfältig, Mediziner. Ich will wissen, weshalb der Terraner so reagiert hat?«

»Du meinst das mit dem ...«, der Ara verwendete das bluesche Wort für Hinterteil, »... verwetten? Das kann ich dir auch nicht sagen. Terraner haben mitunter einen äußerst merkwürdigen Sinn für das, was sie Humor nennen.«

Der Blue, Leiter der Minen-Niederlassung auf Agama IV, produzierte eine Reihe von im Ultraschallbereich angesiedelten Begriffen, die sich ausschließlich mit dem Geisteszustand des Ara und der nicht vorhandenen Intelligenz seiner Nachkommen beschäftigten, jedoch keine Wirkung erzielten, da sie für den Ara-Mediziner glücklicherweise unhörbar blieben. Deshalb ließ er es dann auch sein. Schließlich sagte er im verständlichen Interkosmo und wieder völlig beherrscht: »Ich möchte von dir eine Erklärung, weshalb mein Befehl keine Wirkung zeigte.«

Nhivel Breseadh lächelte ein Lächeln, das sich auf seinen Mund beschränkte.

»Was weiß ich. Viele Faktoren können eine Rolle spielen: möglicherweise eine neurale Anpassung der von der ständigen Reizüberflutung unempfindlich gewordenen Synapsen. Es besteht auch die Wahrscheinlichkeit, daß die Strahlenschauer der überladenen Atmosphäre das bio-elektronische Implantat durcheinanderbringen.«

»Zum Teufel mit diesem Terraner! Am liebsten würde ich ihn abschalten. Jetzt sofort!«

»Das wäre äußerst unüberlegt – Gataser.«

Das Personal vor den Kontrollkonsolen hielt den Atem an; der Ara schien sich um Kopf und Kragen zu bringen, wie er das Wort ausgesprochen hatte. Er schien auch der einzige auf Agama IV zu sein, der sich diesen Ton herausnehmen konnte, wenn auch niemand wußte, weshalb.

Der Blue behielt sich nur mühsam in der Gewalt; die Farbe seines unbehaarten Tellerkopfes verriet, daß für einen Augenblick unbändiger Zorn in ihm aufwallte.

»Wie meinst du das, Ara?«

Der Ara-Mediziner hob die dürren Schultern.

»Wir ... hm, du bist auf Leute wie ihn angewiesen. Außerdem – mit ihm würden vermutlich die übrigen fünf Minenarbeiter ebenfalls sterben. Wie willst du das dem Direktorium plausibel machen? Wie du weißt, ist man dort von einer Störung im geordneten Produktionsablauf überhaupt nicht angetan. Du mußtest neue Minenarbeiter anfordern. Bis diese soweit wären, um den Terraner und seine effiziente Crew zu ersetzen, könntest du für eine Zeitlang einen teuren Förderroboter nicht einsetzen. Die sich daraus ergebenden Verluste hättest du wiederum dem Direktorium zu erklären. Ich weiß nicht«, der Ara wiegte den Kopf, »offen gesagt sehe ich schwarz für deinen Seelenfrieden – und dein Bankkonto!«

»Ich weiß zwar nicht, welchen Narren du an diesem Terraner gefressen hast«, sagte der Blue scharf und schloß alle vier Augen für einen winzigen Moment. »Aber du nimmst ihn dir vor, sobald er zurück ist.«

Ein Signal an der Hauptkonsole lärmte los; einer der Techniker wandte sich an den Blue. »Eine Meldung von der SILON.«

Sianas wandte sich den Displays zu. »Was gibt es, Vellco?«

»Soeben hat ein Schiff den Hyperraum verlassen und nimmt Kurs auf das System.« Der Kommander der SILON blickte vom Schirm.

»Identifizierung?«

»Ein Erzsucher. Prospektoren-Konfiguration.«

»Ist es allein? Keine Kommunikation mit etwas Größerem in der Nähe?«

»Negativ.«

»Laß es nicht aus den Augen. Kontrolliere sämtliche Frequenzen. Wenn sie zu senden beginnen, störe jedes Signal. Und sorg dafür, daß niemand unsere Anwesenheit mitbekommt. Wir müssen unter allen Umständen verhindern, daß sich binnen kurzer Zeit hier sämtliches Gesindel der Galaxis herumtreibt und die Aufmerksamkeit bestimmter Stellen erregt.«

»Verstanden. Ich melde mich wieder, sobald die Lage bereinigt ist.«

Sianas unterbrach die Verbindung und wandte sich wieder dem Ara zu. Er sah ihn einen Moment lang schweigend an, dann sagte er im Ton unduldsamer Schärfe: »Wenn du klug bist, Quacksalber, dann redest du nie wieder in dieser respektlosen Weise mit mir! Zu deiner Information: Ich stamme nicht von Gatas!«

Er raffte den Umhang um seine hochaufgeschossene Gestalt und ging hinüber zur anderen Seite des Kontrollraumes. Dabei sagte er über die Schulter, und diesmal klang es noch mehr nach einer Drohung: »Breseadh, wir sprechen uns wieder.«

Ein unendlich gelangweilt wirkendes Gesicht aufsetzend, wandte sich der Ara-Mediziner wieder dem vielfarbigen Display zu, das ihm Aufschluß über den psychischen und physischen Zustand eines jeden der Maschinenführer geben konnte.

Das ist noch einmal gut gegangen, dachte er müde. *Trotzdem. Alles deutet auf eine Eskalation hin. Ich werde ihn wohl bald aktivieren müssen ...*

2.

Vor einer knappen halben Stunde war die ALLURA im Einsteinkontinuum erschienen. Seitdem bewegte sich das Prospektorenschiff der Kosmischen Hanse entlang einer im Speicher der Syntronik vorhandenen Route. Deren Endpunkt basierte lediglich auf ein paar dürftigen Daten aus dem SchiffsLog eines im Halo herumstreifenden Partikuliers, die dieser einem Außenposten von Kontor Goto für eine neue Feldspule verkauft hatte.

Abgesehen von der Kontrollbeleuchtung brannte keine Lichtquelle. Trotzdem war es hell genug, so daß man jede Einzelheit in der Zentrale erkennen konnte; alle Schirme der normaloptischen Raumüberwachung waren in Betrieb. Vom Halbrund des Frontschirmes strahlten als dreidimensionale Projektion dichtgedrängt die Sterne dieses Sektors. Tausende von Sonnen füllten den Raum vor dem Schiff. Ihre Konstellationen schwangen sich als plastische Muster über den Schirm, bildeten in Fahrtrichtung eine langgestreckte Spirale, deren Ausläufer schließlich mit der Unendlichkeit des schwarzen Hintergrundes verschmolz.

Jeb Bowmen bewegte den Kontursessel in seinem Drehlager. »Syntron. Blick nach achtern!«

Die Syntronik reagierte ohne Verzug.

Unterhalb des Frontschirmes erhellte sich eine weitere Fläche; sanft blendete sich jener Sektor ein, den das Schiff mit inzwischen konstanter Geschwindigkeit verließ. Ein besonders heller Stern wurde von der Optik im Zentrum des Schirmes fixiert.

Er konzentrierte sich auf das Bild. »Vergrößern!« Er gähnte unvermittelt. »Maximale Darstellung.«

Die ferne Sonne, die in der Nomenklatur keinen Eigennamen sondern nur die Nummer EX 093/21 trug, stand nun als kopfgroßer Ball in der Schirmmitte; der blauleuchtende Halo, der sie im weiten Abstand umgab, bot den Anblick eines Tunnels, an dessen Ende das Licht der anderen Seite durchbrach. Dahinter, weit dahinter, kam die Sonne Thorshaven, lag Kontor Goto mit seinen dunklen Koniferenwäldern, den wellenumtosten Küsten, seinen ...

Jeb grinste plötzlich. »Sentimentaler Narr!« murmelte er.

Der Halostern war ein eminent wichtiger Bezugspunkt. Seine Raumkoordinaten waren gleichbedeutend mit den »Sprungdaten« des kleinen Schiffes. Neben der Sonne war es aus dem konturlosen Grau des Halbraumes gekommen – dort würde es auch wieder eintauchen, um mit Hilfe des Metagravs die Distanz zum Kontor Goto zu überbrücken. Aber noch war es nicht soweit. Die Suche hatte gerade erst begonnen.

Das mit der Syntronik verknüpfte externe Terminal der Küchenautomatik zu Bowmens Linken bediente ihn auf seinen verbalen Wunsch hin mit einem Becher heißen Kaffees. Der Mann blickte auf das Multifunktionsgerät an seinem Handgelenk: vierzehn Uhr zwanzig Standardzeit, auf Goto bezogen; exakt vierzig Minuten, seit sie den Hyperraum verlassen hatten. Jeb stellte den Becher vorsichtig auf das Paneel unterhalb einer Reihe kleinerer Monitoren, so daß er ihn in bequemer Reichweite hatte, und legte die Füße hoch. Dann genoß er das Gebräu in kleinen Schlucken.

Das Bild der Sonne EX 093/21 mit ihrem Halo blieb auf dem Schirm stehen, bis sie sich soweit entfernt hatte, daß jede weitere Vergrößerung sinnlos wurde. Dann war nur noch die scheinbare Bewegung der helleren Lichtpunkte des Bildvordergrundes gegen die weiter entfernten Sternkonstellationen als Kulisse zu sehen. Schließlich schaltete die Syntronik ab.

Bowmen warf den Becher in den Recycler, fischte in den Taschen seiner Kombi und brachte aus den unergründlichen Tiefen eine zerknautschte Packung Zigaretten sowie ein zerschrammtes Feuerzeug zum Vorschein. Seine Bewegungen kündeten von der Gelassenheit eines Mannes, den nichts aus der Ruhe zu bringen schien. Oder wenigstens fast gar nichts. Während er den nikotinfreien Rauch inhalierte und wieder ausstieß, konzentrierte er sich auf die Statusanzeigen der Massetaster. Alles was er erkennen konnte, waren schwache Radiallinien sehr, sehr weit entfernter weißer Zwerge. Nicht in unmittelbarer Nähe, was zu Besorgnis Anlaß bot. Ob die Information zutraf, die Grund dieser Suchaktion war? Jeb runzelte die Stirn, als er sich ertappte, daß er merkwürdigerweise von einer Art nervöser Spannung erfüllt war, gemischt mit einer nicht näher erklärbaren Erwartung, die er normalerweise in diesem Stadium einer Suche nicht kannte; eine Erfahrung, die für ihn neu war. Aber bekanntlich gab es ja für alles ein erstes Mal ...

Er zuckte die Schultern, als wolle er sich von diesen ungewohnten Gedankengängen befreien, schnitt den Massetastern eine Grimasse, ließ den Sessel herumschwingen, stand auf und ging nachdenklich im Kontrollraum hin und her.

Viel Platz dazu hatte er nicht.

Rings in den Wänden stak die Syntronik; ein energieautarkes System, das seine Sensoren überall im und auf dem Schiff verteilt hatte und sehr lange Zeit unabhängig zu existieren vermochte. Das Steuerpult war aus einzelnen Modulen zusammengesetzt und wie ein halbierter Kreisring geformt. Um dieses syntronische Zentrum gruppierten sich die wenigen Kabinen, die

Luftumwälzungsanlage, Vorratsräume, Recyclingsysteme sowie der kleine Hangar mit seinen Antigravgleitern und das metallurgische Labor. Darunter lag nur noch das Maschinendeck mit den Metagravs, den Gravitraf-Speichern und den Triebwerken für Atmosphärenflüge. Diese ganze hochkomplexe Technik quetschte sich in ein nur vierzig Meter durchmessendes Schiff, dessen äußere Form einem Zylinderschnitt mit abgerundeten Kanten glich.

Einer der Massetaster erwachte zum Leben. Akustikfelder wisperten schwach. Auf korrespondierenden Bildschirmen erschienen in rascher Folge Datenzeilen, flimmerten Zahlenkolonnen. Ein pulsender Cursor begann Diagramme zu generieren.

Jebs alarmierter Blick flog zu den Anzeigen – dann wich die Anspannung, als er erkannte, daß es sich nur um eine Sonne handelte, die keinen Planeten zu haben schien. Ihre visuelle Projektion erschien auf dem Frontschirm, wuchs dem Schiff entgegen, schien es verschlingen zu wollen – und verschwand auch schon wieder.

Dann ein weiteres Geräusch: Majori schaltete einen Leuchtkörper neben ihrem Kontursessel an und richtete die Lehne auf.

»Nervös, Jeb?«

Bowmen schien sie nicht zu hören. Er stand einfach da und blickte auf den Schirm. Schon wollte sie ihre Frage wiederholen, als er endlich reagierte. »Ich bin es – seltsamerweise«, bestätigte er irritiert.

»Vielleicht tröstet dich der Gedanke, daß es mir nicht anders ergeht.«

Majori Ando, eine Springerin, war eine junge Frau von 48 Jahren mit kräftigem Körper, ohne jedoch schwerfällig zu wirken. Wenn sie sich bewegte, geschah dies mit katzenartiger Gewandtheit. Die Fülle der rotblonden Haare umrahmte ein ebenmäßiges Gesicht mit wachen grauen Augen. Majori hatte in Terrania interplanetarische Ökologie und Geologie studiert, besaß in beiden Disziplinen ihren Doktor und bildete zusammen mit Jeb Bowmen eines der vielen Prospektoren-Teams von Kontor Goto; außerdem waren beide Hanse-Spezialisten.

Nachdenklich ruhte ihr Blick auf dem starkknochigen Plophoser, der als ausgebildeter Raumschiffpilot Kommandant der ALLURA war.

»Hat sich was getan, während ich schlief? Was sagen die Instrumente?«

Jeb schüttelte den Kopf, seine Augen verengten sich.

»Noch zu früh. Nach den wenigen Informationen im Speicher kann der allererste Kontakt nicht vor zwei Stunden erfolgen – falls er überhaupt zustande kommt.«

Der Kontakt kam zustande. Zwar etwas später als von Jeb erwartet, aber er kam – und gestaltete sich ganz anders, als die beiden es je vermutet hätten. Nur wußten sie es zu diesem Zeitpunkt noch nicht. Seit ihrem Übertritt in den Normalraum waren knappe hundertsechzig Bordminuten vergangen.

Wieder ertönte das Signal der Tiefraumortung durch die kleine Zentrale, ausgelöst von den Energieemissionen einer Sonne weit voraus. Diese Signale waren inzwischen fast schon zur Routine geworden. Doch diesmal war es anders, denn gleichzeitig erhellte sich ein bislang inaktiver Schirm und projizierte ein die ganze Fläche füllendes Wort.

ZIELOBJEKT.

Jeb fixierte mit verkniffenen Augen den Monitor. »Fernortung. Räumliche Darstellung«, sagte er in das Verebben des Signals hinein.

Aufgrund der zuerst noch marginal eingehenden Daten konnte die Syntronik das, was von den Massetastern eingefangen worden war, zunächst nur als ein grob generiertes Netzgraphik-Hologramm vor der gekrümmten Fläche des Frontschirmes manifestieren. Doch dann schwoll der Datentransfer an. Die visuelle Darstellung der fernen Sonne änderte sich analog der eingehenden Informationen mit jeder verstreichenden Sekunde, der sich das Prospektorenschiff dem Stern näherte.

Majori stieß zischend die Luft aus, als aus dem unstrukturiert gezeichneten Ball vor ihren Augen eine lodernde Miniatursonne wurde. »Was haben wir denn da?« Sie war zwar keine ausgebildete Astronomin, besaß aber genügend Basiswissen, um zu erkennen, daß es sich bei dem Stern um eine Sonne vom Typ der Mira-Veränderlichen handeln mußte, die man in Fachkreisen auch langperiodische Veränderliche nannte. So wurden Sterne bezeichnet, deren Helligkeit ununterbrochen um mehrere Klassen schwankte.

»Visuelle Kennungsanalyse!« Die Finger ihrer rechten Hand tanzten mit der Gewandtheit eines Synthesizer-Virtuosen über bislang inaktive Schaltungen, mit denen die Flugdatenspeicher zum Leben erweckt wurden. Von nun an würde eine speziell abgesicherte SyntroLog-Anlage alles aufzeichnen, was im und um das Schiff herum geschah; sie war so ausgelegt, daß sie jede nur denkbare Katastrophe unbeschadet überstand – mit Ausnahme einer nuklearen Explosion vielleicht, die in Gedankenschnelle und ohne jegliche Ankündigung erfolgte.

Die Syntronik reagierte mit einem zweigleisigen Datentransfer: Während das Holo vor den beiden Hanse-Prospektoren seine räumliche Lage leicht veränderte und sich aus dem sternenerfüllten Hintergrund des Frontschirmes fünf Planeten lösten, um sich der Sonne hinzuzugesellen, projizierte sie ein Datendisplay zwischen die räumliche Darstellung, in dem die im Speicher vorhandenen Informationen abliefen.

Majoris spontaner Eindruck bestätigte sich: Das Zentralgestirn dieses Systems mit seinen fünf Welten war in der Tat eine Sonne vom Typ der Mira-Veränderlichen. Und sie war schon einmal katalogisiert worden! Die EX-10017 unter dem Kommando von Major Naka Khalid hatte das System vor Jahrhunderten sozusagen im Vorbeiflug entdeckt, in ihren Karten aufgenommen und dem Fixstern sogar einen Namen gegeben: Agama.

Sein Durchmesser war 440mal größer als der der irdischen Sonne, die Leuchtkraft 120mal stärker. Mit einer mittleren Periode von 34 Tagen schwankte der Stern zwischen zweifacher scheinbarer Helligkeit im Minimum und elffacher im Maximum. Laut den Sensordaten befand er sich gerade auf dem Höhepunkt einer dieser Maxima, was die Aktivität gewaltiger Sonnenprotuberanzen erklärte. Ein derartiger Gasriese vom Millionenfachen der Erdmasse ließ sich mit Worten kaum begreifbar machen. Er schickte bis weit über die Bahn des vierten Planeten hinaus ununterbrochen gewaltige Stürme harter, energiereicher Strahlenschauer in den dreidimensionalen Raum, außerdem wies er eine ungewöhnlich starke Hyperstrahlung auf. Den alten Explorerdaten zufolge waren die inneren drei mondlosen Planeten absolut lebensfeindlich; der vierte Planet, den zwei Trabanten umkreisten, lag zwar innerhalb der Ökosphäre, doch seine Atmosphäre war ein Glutofen mit einer mittleren Temperatur von fünfzig Grad Plus auf der Taghälfte; die Nummer Fünf des Systems zog seine Bahn weit draußen, erstarrt unter kilometerdickem Methaneis. Von Lebensformen war nicht die Rede, wohl aber von ausgedehnten Erzvorkommen, vor allem auf Agama IV und seinen beiden unterschiedlich großen Trabanten. Seit den Tagen der EX-10017 hatten sich zudem bis auf marginale Bahnabweichungen keine Veränderungen ergeben. Die Fernorter benötigten nur kurze Zeit, um die Analysen des Explorers zu verifizieren, zu aktualisieren und neu zu datieren. Ein Vorgang, der nach bewährtem Muster ablief. Mittlerweile hatte sich das Prospektorenschiff dem System bis auf eine Distanz von einem Lichtmonat genähert.

Jeb prüfte ein paar Anzeigen; seine Finger berührten die Sensorfelder des Hyperfunkscanners.

»Klopf, klopf, jemand zu Hause?« machte er den Versuch, einen uralten Scherz wiederzubeleben.

Ein scharfes Zischen und Prasseln brachte für Sekundenbruchteile die Akustikfelder fast zum Bersten, ehe die Filter den Lärmpegel auf ein für die Ohren der Besatzung erträgliches Maß reduzierten; der thermonukleare Prozeß der Riesensonne war auf sämtlichen Frequenzen alles, was die Scanner auffingen.

»Dieser Sektor ist voll von stellaren Anomalien, vor allem im 5-D-Bereich. Das erschwert das Scannen erheblich, auch wird Hyperfunk, so vorhanden, nur aus nächster Nähe zu orten sein. Zu viele Interferenzen. War nicht anders zu erwarten bei dieser Sonne, oder?« Der Plophoser sah die Geologin von der Seite an.

»Hmm ... wenn du es sagst.« Majori wirkte nachdenklich.

»Möglicherweise ist dieser vagabundierende Schurke von Partikulier einer Schimäre aufgesessen«, fuhr der Plophoser fort, »oder seine angeblich in diesem Sektor beobachtete Anomalie entstammte einer Flasche Hochprozentigem.«

»Möglicherweise.« Majori musterte stirnrunzelnd das System-Holo. Jebs Worte klangen sehr überzeugend – außerdem schienen ihm die Meßwerte recht zu geben.

Trotzdem war sie sich sicher, in der Informationsflut eine Abweichung registriert zu haben. Sie blickte von den Displays hoch, auf merkwürdige Weise irritiert.

»Syntron: Sequenzwiederholung Hyperstrahlung-Signatur.«

»Was versprichst du dir davon ...«, begann Jeb, ein Blick auf Majoris angespanntes Gesicht ließ ihn jedoch verstummen.

Noch während sich das Holo-Display ohne meßbaren Zeitverzug aufbaute, huschten die Finger der Hanse-Spezialistin über ein dazu korrespondierendes Symunikatorfeld. Sie tippten eine lange Folge von Befehlen, die die Syntronik in Gedankenschnelle jedesmal mit NEGATIV kommentierte.

Schließlich gab Majori auf. »Ich schätze, das war's wohl.« Ihr Mienenspiel verriet Enttäuschung.

»Darf man erfahren, wonach du gesucht hast?«

»Mir war, als hätte der Syntron neben der Hyperstrahlung eine typische Strukturerschütterung geortet.«

»Du meinst, die Struktur-Scanner haben einen Transitionsvorgang gemessen? Ein Schiff, das in den Hyperraum eintauchte oder ihn verließ?« mutmaßte Jeb.

»Kein Schiff. Es fehlten die Triebwerksemissionsspuren.«

»Sondern?«

»Ein Transmitter vielleicht, aber ... aber ich bin mir nicht ganz sicher. Ich habe die Struktur-Taster mehrfach geprüft. Doch das pulsierende Riesenbaby dort draußen macht fast alle Ortung zu einem Vabanquespiel.« Voller Mißfallen betrachtete Majori die Statusanzeigen, dann wischte sie mit einer ärgerlichen Handbewegung über das Symunikatorfeld; das Hologramm erlosch. Sie preßte die Lippen aufeinander, spürte, wie etwas in ihrem Hinterkopf nagte, das sie nicht in Worte fassen konnte, sie aber beunruhigte. »Noch etwas anderes ist seltsam«, bemerkte sie schließlich nachdenklich, fast geistesabwesend. »Ich habe das Muster einer zwar schwachen, aber dennoch vorhandenen regelmäßigen Verteilung von Kohlenstoffen, von Silicium und Kobalt, von Phosphor und Chrom gefunden.«

»Schätze, es muß wohl so sein. Agama IV beispielsweise besteht ja aus fast nichts anderem.«

Sie schüttelte den Kopf. »Nicht auf den Planeten. Im Raum dazwischen.«

»Bist du dir sicher?«

»Verdammt!« fauchte Majori ungewohnt heftig. »Du solltest mich lange genug kennen, also laß dein gönnerhaftes Getue!«

»Ich glaub' dir ja«, versicherte Jeb besänftigend. »Sehen wir uns die Sache doch einfach aus der Nähe an«, entschied er schließlich und fuhr den Sitz in Position. Seine Hand senkte sich auf den ergonomisch geformten Trackball der Schiffssteuerung in der linken, verbreiterten Armlehne des Kommandositzes. »Syntron! Annäherungskurs äußere Planetenbahn. Hypersprung-Etappe. Extraorbitale Darstellung!«

Während die Metagravs vom Syntron hochgefahren wurden, ertönte eine Folge von Warntönen. Auf dem Navigationsdisplay erschien eine dreidimensionale Bahndarstellung des Agama-Systems innerhalb eines sphäroidischen Gitterrasters. Der farblich hervorgehobene Kursvektor des Hanse-Schiffes tangierte die Bahn von Agama V und endete an einem Punkt, der laut den eingespielten Daten in einer Entfernung von exakt 406 700 Kilometern vom Planeten lag. Jeb zentrierte den wie ein Zielkreuz gestalteten Cursor der Trackballsteuerung über diesen Punkt und fixierte ihn mit einem Doppelklick.

Auf den normaloptischen Schirmen erloschen die Sterne und machten einem unstrukturierten Grau Platz, als das kleine Schiff, dem Sog des Pseudo-Black-Holes folgend, durch den Metagrav-Vortex das Einsteinkontinuum verließ, in den Halbraum eintauchte – und ihn auch schon wieder verließ, um mit Standardfahrt in das System einzudringen.

»Du meine Güte, sieh dir das an!« entfuhr es Majori, als sich die Schirme wieder erhellten und die visuelle Umgebung des Prospektorenschiffes zeigten. Dann, fast triumphierend: »Ich hatte doch recht!«

»Ich seh's«, pflichtete Jeb ihr bereitwillig bei. »Ich seh's. Hier haben wir unsere Anomalie, zweifellos!«

3.

Wie üblich hörte N'pesh es zuerst. N'pesh, dessen Gehör von einer derart phänomenalen Schärfe war, daß sich Kyle manchmal fragte, ob der Eingeborene vielleicht mit einem Bio-Radar von enormer Reichweite ausgestattet war. Kyle hatte es längst satt bekommen, in die Nacht zu lauschen. Er hatte die Waffe zu sich in den Schlafsack genommen, den Magnetverschluß bis zum Kinn hochgezogen und die restlichen Stunden damit verbracht, in einen leichten Schlaf zu fallen, der mehr einem Dösen glich. Mit halboffenen Augen hatte er N'pesh beobachtet, der am Eingang des Igluzeltes auf den Fersen kauerte und die Widerhaken seiner Pfeile schärfte, wobei er seinen Körper fast unmerklich wiegte. Plötzlich, gegen Morgen, hielten seine Hände inne. Er verharrte regungslos. Dann befestigte er das Bündel Pfeile in der breiten Spange seines linken Unterarmes und drehte sein rechtes Ohr, das eine kaum wahrnehmbare Öffnung in seinem dreieckigen Kopf darstellte, in Richtung des Eingangs. Seine lidlosen Augen wanderten nach oben, so daß die Höhlen leer schienen; Zeichen seines angespannten Lauschens. Fünf Sekunden genügten N'pesh.

»Naargg«, zischelte er auf interkosmo, das der Ophidia erstaunlich rasch erlernt hatte und mittlerweile fast perfekt beherrschte.

Von einem Augenblick zum anderen war Kyle hellwach. »Naargg?« Alarmiert stemmte er sich auf den rechten Ellbogen hoch. »Du bist sicher?«

»Sicher bin ich sicher.« Die Augen kehrten an ihren angestammten Platz zurück. N'pesh sah den Terraner an, mit goldgesprenkelten ovalen Pupillen, die senkrecht in einer Iris ohne jegliches Anzeichen von Weiß saßen. »Ich höre ihn ganz deutlich, Kyle Mensch. Du kannst ihn nicht hören?«

»Nein!« knurrte Kyle und öffnete den Magnetverschluß. »Und du weißt das verdammt gut.«

Seit drei Tagen waren sie unterwegs, der Mensch und der Ophidia. Unterwegs auf der Jagd nach dem größten Raubtier, das die Fauna von Kontor Goto hervorbrachte. Und das unter den Bedingungen eines arktischen Winters, der mehr als fünf Monate die nördliche Hemisphäre dieses Planeten mit klirrendem Frost überzog.

Mühelos erhob sich der Ophidia aus seiner hockenden Stellung, die er die ganze Nacht innegehabt hatte. Dicke Muskelstränge bewegten sich unter seiner bläulich-weiß schimmernden Haut, als er sein Gewicht verlagerte, um den kurzen Bogen aufzunehmen, dessen Sehne noch lose um das wuchtige Stück Holz geschlungen war. Kyle gehörte nicht gerade zu den kleinen Vertretern seiner Gattung; er war einhundertneunzig Zentimeter groß und mit seinen vierundfünfzig Jahren durchtrainiert. Der Ophidia jedoch überragte ihn noch um zwei Köpfe. Und er war vom Scheitel bis zur Sohle nackt. Diese Nacktheit wirkte aber weder befremdend noch anstößig. Kyle hatte an N'pesh noch niemals andere Körperöffnungen als Mund, Augen und Ohren gesehen. Wenn welche vorhanden waren, mußten sie versteckt unter der Haut liegen. Kyle hatte bis jetzt auch nicht herausfinden können, ob es sich bei N'pesh eventuell um einen weiblichen Vertreter seiner Gattung handelte. Aber derartige Überlegungen waren – zumindest im Augenblick – von sekundärer Bedeutung.

Nun schälte er sich aus seinem Schlafsack, erhob sich, überwand die Unbeweglichkeit seiner Muskeln und nickte in Richtung nach draußen.

»Ist er noch zu hören?« Er fröstelte leicht. Sein Atem bildete kleine Wölkchen; im Iglu lag die Temperatur nur wenige Grade über dem Gefrierpunkt. Sicher, im Innern konnte mühelos jede gewünschte Temperatur erzielt werden. Aber Kyle hatte eine Maxime: Zuviel Bequemlichkeit auf der Jagd stumpfte die Sinne ab.

»Wird immer lauter, Kyle Mensch. Lauter und näher.« N'pesh trat zur Seite. »Du mußt herkommen und horchen.«

»Nein, danke!« Kyle schüttelte den Kopf. »Mir ist kalt.« Er sah auf das Multifunktionsgerät an seinem Handgelenk, das mit einem Sensor außerhalb des Iglus korrespondierte: Windrichtung Nord-Nordost, nach der planetarischen Gradeinteilung, Geschwindigkeit nahezu fünfzig Stundenkilometer, Temperatur 36 Grad unter Null. Eine üble Kombination – Wind und Kälte. Hier in der Nähe der gewaltigen Eisplatte, die den Südpol Gotos umschloß, hörte man den Wind heulen und jaulen, als käme er geradewegs aus der tiefsten Hölle.

Ohne sein Zutun bekam Kyle eine Gänsehaut. Die Witterungsverhältnisse in der Polregion Gotos waren extrem. Er überlegte, wie schnell jemand zu Hilfe eilen konnte, falls was schiefginge. Immerhin waren sie rund viertausend Kilometer von Havens Port entfernt, und sie ...

»Kyle Mensch!« N'pesh' Stimme klang trotz ihrer Fremdheit mahnend. »Ich denke, wir sollten uns beeilen.«

»Zum Donnerwetter, ja!« Kyle raffte seine Oberbekleidung zusammen. Binnen zwanzig Sekunden hatte er alles angezogen: den körperengen, beheizbaren Overall, absolut kälte- und windundurchlässig, die kniehohen, ebenfalls beheizten Stiefel mit breiten Klettverschlüssen, den Thermo-Parka mit halbtransparenter und verformbarer Kapuze sowie die Handschuhe. Kyle konnte den Naargg zwar nicht hören, noch lange nicht, wie er aus Erfahrung wußte, aber daß er irgendwo da draußen war und offensichtlich jenem Punkt zustrebte, an dem sie auf ihn treffen würden, das sah er an den Reaktionen von N'pesh: Unter der bläulich weißen Haut des Ophidia erschien ein enges Netz goldfarbener Linien; Zeichen steigender Erregung.

Wortlos verstaute Kyle den federleichten Schlafsack sowie die wenigen Utensilien, die er zu seiner Ernährung benötigte, in einer flachen Metallkiste, in der auch der winzige Energiekocher untergebracht war, auf dem er seine Mahlzeiten zubereitete. Die großkalibrige Waffe steckte er mit dem Lauf nach unten in das Futteral und hängte sie sich über die Schulter. Dann verließ er gebückt den Iglu.

Auf das, was ihn draußen erwartete – das beklemmende Erstickungsgefühl, wenn die Kälte sich auf die Lungen legte –, war er zwar vorbereitet, dennoch japste er sekundenlang. Die Kälte machte sich stärker bemerkbar, als er vermutet hatte. Geduckt kehrte er dem Wind den Rücken, schloß die Kapuze über dem Gesicht, so daß er jetzt durch den Filter atmete, während vor den Augen der transparente Teil lag, und richtete sich auf.

N'pesh stand bereits neben ihm.

Kälte und Wind schienen von dem Eingeborenen abzuprallen, als hätte er einen Individualschirm um sich errichtet. Sein einzige Gepäckstück, ein großer Lederbeutel, in dem Dinge lagen, die Kyle unbekannt waren, hatte er mit kreuzförmigen Bändern auf dem Rücken befestigt.

Kyle hob den Blick. Noch war Thorshaven, eine Sonne des G-Typs, unter dem Horizont, doch schon breitete sich eine vage Helligkeit über der weiten Tundra aus. Am Himmel begannen die Sterne zu verblassen; nur wenige Wolken drifteten über die Ebene. Es fiel kein Schnee, trotzdem war die Luft voll von Milliarden spitzer Eisnadeln, die der scharfe Wind über das Land fegte. Wehe dem, der ohne entsprechende Ausrüstung in einen solchen Sturm geriet! Die Eiskristalle zerstachen binnen Sekunden jedes Stück freiliegender Haut; ein scharfer, höchst empfindlicher Schmerz, der Männer schon zum Wahnsinn getrieben hatte.

N'pesh zischelte mahnend. Kyle schüttelte den Kopf, als wolle er dadurch diese Gedanken vertreiben, und konzentrierte sich auf das, was vor ihnen lag.

Neben dem Iglu zerrte die Antigravplattform fünf Handbreit über dem Boden an ihrer Verankerung. Kyle hievte die Metallkiste auf die weiß eingefärbte schalenförmige Platte, die wie eine Polkalotte geformt war; Magnete hielten sie dort unverrückbar fest. Seine rechte Hand berührte die Kontaktleiste am Eingang der Kunststoffkuppel – das Energiefeld erlosch. Der Iglu fiel in sich zusammen, faltete sich selbsttätig zu einem flachen Paket, das der Ophidia rasch und mühelos auf der Plattform deponierte. Danach schwang er sich mit einer gleitenden Bewegung auf das Gefährt und kauerte sich im hinteren Drittel nieder; an seiner Haut zerstoben die mörderischen Eisnadeln wirkungslos.

Kyle enterte ebenfalls die Plattform.

Sein Fuß berührte einen Kontakt. Die Steuersäule faltete sich empor: ein schlankes, höhenverstellbares Gebilde, dessen Handgriffe ein aufrechtstehender Mann bequem bedienen konnte. In der Säule waren alle Bedienelemente der Plattform untergebracht. Die ovale Verdickung zwischen den Handgriffen barg ein Multifunktionsgerät, dessen Schirm auf Abruf sämtliche Parameter während des Flugs anzeigte.

Er betätigte eine weitere Schaltung – die Traktorverankerung fiel in sich zusammen. Die Plattform trieb einige Meter über den Schnee, eher er sie in der Gewalt hatte.

»Wohin?« Er drehte den Kopf und sah auf den Ophidia.

N'pesh deutete mit ausgestrecktem Arm nach Norden.

Kyle ließ die Plattform steigen, etwa dreißig Meter hoch. Schließlich waren sie aus dem bodennahen Treiben der Eisnadeln heraus. Über ihnen leuchteten die Sterne ein letztes Mal auf. Der Himmel wurde bleich; weit vor ihnen verwandelte er sich zu einem leuchtenden Rosa. Sekunden später flammte darunter ein Streifen von blendendem Weiß – und Thorshavens Licht ließ den Horizont scheinbar brennen. Noch lag ein vages Halbdunkel über der Tundra, die sich vor der unter Glazialen erstarrten Polregion erstreckte, aber schon waren die graugelben Nebelbänke voraus im Norden zu erahnen, welche die Lage der heißen Quellen kennzeichneten. Dort lag ihr Ziel. Dort würden sie auf den Naargg treffen.

Kyle orientierte sich kurz. Dann konzentrierte er sich auf den Flug. Geräuschlos trieb das Antigrav die Plattform voran. Wieder einmal waren sie unterwegs. Unterwegs auf der Jagd nach dem größten Raubtier, das Goto beherbergte. Der Mann, der in seiner Schutzkleidung selbst wie ein Archetyp aus Gotos Vergangenheit wirkte, wurde mehr und mehr von einer Spannung ergriffen, die unterschwellig in ihm vorhanden war, seit er mit dem Ophidia diesen Jagdausflug begonnen hatte.

Vor vier Tagen hatte er das Management von Kontor Goto in eine mittlere Krise versetzt, als er ankündigte, für zwei Wochen einen längst überfälligen Urlaub zu benutzen, mit einem eingeborenen Jäger die nördliche Polregion zu durchstreifen. Vor vier mal vierundzwanzig Stunden – genauer gesagt, dreiundzwanzig Komma vierundvierzig Stunden, denn so lange benötigte Goto für eine Umdrehung – war er von Havens Port zu einem Minen-Außenposten eintausend Kilometer von der Hanse-Niederlassung entfernt aufgebrochen, um sich dort mit N'pesh zu treffen. Sie hatten einen Gleiter ausgerüstet und waren abgeflogen. Seit dreieinhalb Tagen waren sie nun hier – der Gleiter stand ein paar hundert Kilometer entfernt an der Grenze zur Polregion –, und seitdem waren sie mit der Antigravplattform auf der Jagd.

Entwicklungsgeschichtlich betrachtet befand sich Goto am Ende einer Periode, die mit dem Quartär Terras vergleichbar war – wenn auch nicht alle Aspekte deckungsgleich waren. So gab es beispielsweise die mächtigen Kontinentalgletscher schon nicht mehr. Die Glaziale hatten sich zurückgezogen bis auf die mehr als hunderttausend Quadratkilometer messenden Gebiete um die Pole. Fauna und Flora aber, so hatte ihm Doktor Susa, die Anthropologin von Havens Port erklärt, stammten aus Perioden des Pre- und Postquartär. Kyle hatte die meisten geologischen Daten über den Planeten im Kopf. Wie viele der in der Galaxis vorkommenden erdähnlichen Planeten war Goto ein Geoid, also an den Polen abgeplattet. Sein äquatorialer Umfang betrug 41 077 Kilometer bei einem mittleren Sonnenabstand von 153,7 Millionen Kilometer. Die Verteilung Landfläche zu Wasserfläche betrug eins zu drei und ...

»Du kennst den See-der-warmen-Wasser?« N'pesh' Stimme erklang unmittelbar neben Kyles Ohr und unterbrach dessen Gedanken. Der Ophidia hatte seine kauernde Stellung aufgegeben, sich erhoben und war neben den Mann getreten.

»Ich kenne den See«, antwortete Kyle laut gegen den Fahrtwind. Als Geologe und Leiter der großen Minen-

Niederlassung Kontor Goto kannte er die Topographie des Planeten. Im Geiste sah er die Karte des Gebietes vor sich, in das sie nun kamen. Er setzte die Geschwindigkeit der Plattform herab, ging dabei etwas tiefer, um so lange wie möglich im Planetenschatten zu bleiben, und zwang dann das Gefährt nach rechts in eine Steilkurve, während er wieder beschleunigte. Sie umflogen den eisbedeckten Findling, den eine vulkanische Eruption vor Jahrtausenden aus der Tiefe des Planeten ans Tageslicht geworfen hatte und der mehr als zwanzig Meter emporragte. Auf seiner abgeflachten Kuppe klammerten sich sturmzerfledderte Krüppelkoniferen im verzweifelten Überlebenskampf mit ihren Wurzeln in den Felsspalten fest. Dann lag erneut offenes Terrain vor den beiden so unterschiedlichen Jägern.

Im Osten erhob sich die Dämmerung; die Sicht verbesserte sich.

Ein Rudel großgeweihiger Tiere zog im schnellen Trab durch die unter der weißen Last zusammengesunkene, spärliche Vegetation; Eis und verharschter Schnee flog unter den Hufen zur Seite.

Kyle spürte die Klauenfinger des Ophidia auf seinem Arm. Er drehte den Kopf. Ein Blick aus goldgesprenkelten Pupillen traf ihn.

»Der Naargg wird bald an der Tränke sein, Kyle Mensch. Wir müssen vor ihm dort sein.« N'pesh Artikulation wurde drängend. »Es ist wichtig!«

»Wir sind rechtzeitig dort«, versicherte der Mann und beschleunigte die Plattform weiter. In wenigen Minuten planetarer Zeitrechnung würde es bereits taghell sein. Es war wirklich keine Sekunde mehr zu verlieren.

»Ich wittere ihn«, zischelte N'pesh, und aus seiner Kehle kam ein scharfes Keckern.

Kyle nickte nur stumm. Er kannte die erstaunlichen Fähigkeiten seines Jagdbegleiters, wenn er sie auch nicht immer rational zu begreifen imstande war. Die Entfernungen, die N'pesh mit seinen Sinnen erfassen konnte, waren enorm.

Gerade noch rechtzeitig vor Tagesanbruch hatten sie die Distanz bis zum See geschafft. Nun hockten sie im Schnee auf der Kante eines abfallenden Geländes hinter dem geborstenen Stamm einer Konifere.

Keine Sekunde zu früh.

Im Osten erhob sich das Rund der Sonne. Ihre nahezu parallel einfallenden Strahlen warfen lange Schatten und ließen die Eisdrift in allen Farben des Spektrums schillern. Eine Lichtorgie überflutete das Land und modellierte jede Erhebung, jeden Baum und jeden Strauch scharf und akzentuiert heraus.

Vor und unter ihnen lag der See in einer Talsenke, die ihre Entstehung einer Anomalie Gotos verdankte. Das dunkelgrüne Wasseroval bildete zum blendenden Weiß der eiszeitlichen Umgebung einen seltsamen Kontrast. Irgendwann einmal hatte ein tektonisches Beben die Planetenkruste bis in eine Tiefe aufgerissen, in der die heißen Gesteinsmassen bereits eine Temperatur von einigen hundert Grad Celsius besaßen. Glühendheiße Gase und kochende Dämpfe waren mit eruptiver Gewalt an die Oberfläche gedrungen und hatten das Eis geschmolzen, das in wenigen Metern Tiefe als Permafrost selbst in den kurzen Sommermonaten nicht auftaute. Das Schmelzwasser drang durch Risse und Spalten kilometerweit wieder in die Tiefe hinab, wurde dort erneut verdampft und zurück an die Oberfläche gepreßt. Fauchend und dröhnend mußten damals Geysire in die Atmosphäre gestiegen sein; sie hatten schließlich einen See gebildet, die die tiefste Stelle der Talsenke ausfüllte. Ein See, dessen Wassertemperatur ständig um die zwanzig Grad über Null betrug und der faulig nach Schwefel stank. Eine warme Oase in der Eiswüste, von der Tierwelt dieser Region als Tränke und Futterquelle genutzt.

Der Wind trug das Klappern von Geweihen, das Trappeln von Hufen herüber; vereinzelte Rudel der karibuähnlichen Tiere hatten sich bereits am Ufer versammelt und ästen die moosartigen Flechten, die sie mit den Hufen aus dem Schnee scharrten. Es waren ungewöhnlich starke Exemplare mit mächtigen Geweihen, die durchaus in der Lage waren, den wolfähnlichen Räubern dieser urzeitlichen Welt mörderische Kämpfe zu liefern.

Der See selbst war in ständiger Bewegung: Gasblasen durchbrachen blubbernd die Oberfläche, aus den Gesteinsritzen der Uferregion drang in regelmäßigen Intervallen Dampf. Der Wind zerriß die graugelben Schwaden, trieb sie in Richtung der beiden Jäger. Kyle begann unterdrückt zu husten und zu würgen, als die schwefeligen Gase seine Lungen reizten.

N'pesh gebot ihm mit einem warnenden Keckern Schweigen.

Kyle lehnte mit zurückgeschlagener Kapuze am Stamm. Die Sonne war auf ihrer Bahn bereits höher gestiegen, die Helligkeit hatte noch zugenommen. Gleichzeitig war es spürbar wärmer geworden. Das Multifunktionsgerät an Kyles Handgelenk zeigte nur noch 18 Grad unter Null an. Er zog die Waffe aus dem Futteral und beschäftigte sich eingehend mit dem Schloß der Büchse; schließlich lud er sie sorgfältig durch. Der Wind verschluckte das Geräusch. Kyle legte den Lauf auf den Baumstamm, die Mündung wies hinunter zum See. Angespannt nahm er die Geräusche des frühen Morgen in sich auf – und fuhr leicht zusammen, als ihn N'pesh berührte.

»Ja?«

»*Naaarrrggg!*« Der Eingeborene dehnte das Wort extrem lang und ließ es in einer Abfolge von zischenden Tönen ausklingen. Seine Klauenhand deutete auf einen Punkt am gegenüberliegenden Rand der Talsenke. Mit N'pesh war eine bemerkenswerte Wandlung vorgegangen. Seine an sich bläulich weiße Haut hatte sich schwarz verfärbt, die goldenen Linien dicht unter der Oberfläche hatten sich zu opalisierenden und ständig ändernden Mustern verwandelt. Die Farbwechselfähigkeit des Eingeborenen von Goto war erstaunlich stark ausgeprägt und eines der noch ungelösten Dinge – von vielen anderen –, welche die Anthropologen in Doktor Susas Team zu enträtseln suchten. Kyle hatte diesen Vorgang schon öfter erleben dürfen – immerhin war er bereits mehrmals mit N'pesh auf der Jagd gewesen –, ohne jedoch definitiv zu wissen, welche Ursache dies bewirkte, welche Gesetzmäßigkeit dahintersteckte. Nur soviel glaubte er herausgefunden zu haben: der Farbwechsel hing mit den Stadien verschieden stark ausgeprägter Gemüts- und Erregungszustände im Zusammenhang.

Kyle senkte den Kopf und peilte durch das Okular seiner Waffe jene Stelle an, die N'pesh' Arm ihm wies – die winzige Zieldarstellungskamera zoomte das Gelände heran –, und dann sog er scharf die Luft ein, als er im grünlich fluoreszierenden Kreis der Zieloptik die Bestie erblickte, die entlang einer Reihe von vereisten Felsblöcken auf dem Rand des Kessels erschreckend schnell nach rechts weglief. In Kürze bereits würde sie die Stelle erreicht haben, an der die beiden Jäger auf sie warteten. Sie wußte nichts von ihnen, folgte nur ihrem Instinkt, sich in eine günstige Position zu bringen, von der aus sie möglichst unbemerkt die Distanz zwischen sich und der Beute weit genug verringern konnte. Erfüllt von der Gier nach einem Biß in zitterndes, dampfendes Fleisch würde der Naargg sich wie ein Ungewitter in diese kleine Herde stürzen und den Tod bringen.

»Bei der Urmutter aller Intelligenz!« Kyle hob den Blick vom Okular. »Was für ein Raubtier!«

»Es gehört dir«, bedeutete ihm N'pesh. Der Ophidia hatte inzwischen den kurzen Bogen gespannt und legte prüfend einen Pfeil auf die gefettete Sehne; drei weitere der todbringenden Geschosse hielt er zusammen mit dem Bogen in den Klauen der dreifingrigen Linken, deren gekrümmte Nägel scharf und ausgeprägt waren. »Bald. Du wirst nicht mehr lange warten müssen.«

Das bislang friedliche Bild am See veränderte sich merklich. Einige der trinkenden Tiere wurden unruhig, hoben die Köpfe. Nüstern weiteten sich und sogen prüfend die Gerüche der Umgebung ein. Vorsicht und Mißtrauen ergriff von den Alpha-Tieren Besitz. Aber noch war der Fluchtreflex nicht ausgelöst.

Kyle entsicherte die Waffe. Er nahm die Erschütterungen der Luft wahr, als ein mächtiger Geysir dröhnend aus einer Felsspalte stieß, die Spitze der Dampf- und Wassersäule gefror in der eisigen Luft zu Myriaden von Schneekristallen.

»Dort!« N'pesh deutete auf einen V-förmigen Einschnitt zwischen zwei vereisten Blöcken, weniger als hundert Schritte von ihrem Standort entfernt.

Kyle erhob sich, stellte einen Fuß auf den Baumstamm, hob langsam die Waffe und visierte die Stelle an, die der Ophidia ihm gewiesen hatte.

In diesem Moment drehte der Wind. Und noch etwas anderes, unvorhergesehenes geschah zeitgleich: Mit einem weithin hörbaren Knall, der alles, aber auch alles im näheren und weiteren Umkreis alarmierte, zerbrach ein Stück gefrorene Rinde unter dem Stiefel des Mannes.

Aufgeschreckt ergriffen die Tiere am Wasser die

Flucht; die Rudel umrundeten laut trompetend die dampfende Wasserfläche, stoben die jenseitigen Hänge empor und verschwanden in der Weite der hochgelegenen Tundra.

Kyle fluchte unterdrückt. »Ich könnte mich ...«, begann er, aber ein urweltlicher Schrei brachte ihn zum Verstummen.

»*Naarrrggg*«, dehnte der Eingeborene neben ihm erneut.

Das größte Raubtier, das bislang auf Goto entdeckt worden war, preschte aus dem Einschnitt hervor – und verhielt abrupt, indem es einfach die Vorderpranken in den Schnee stemmte, dabei eine Spur wie ein Bulldozer hinterlassend. Der mächtige Schädel mit dem zähnestarrenden Fang bewegte sich witternd nach allen Seiten. Dann hatte der Naargg die beiden Jäger entdeckt, in einer für seine Schnelligkeit geradezu lächerlich geringen Entfernung. Wie um ihre Überlegenheit zu demonstrieren, erhob sich die Bestie auf die Hinterpranken, erreichte dabei eine Höhe von gut vier Meter; sie warf einen langen Schatten im Licht des frühen Morgens.

Kyle atmete flach und gepreßt. Für einen winzigen Augenblick weckte der Anblick des Raubtieres eine tief in seinem Innern verborgene Urangst, doch dann stieg die Erregung des Jägers wie eine heiße Flamme in ihm empor und schwemmte alle Befürchtungen hinweg. Er ließ keinen Blick von dem Naargg, der in den Schultern über zwei Meter maß und aussah wie eine Kreuzung zwischen einem Eisbären und einem säbelzahnigen Machairodontinae, wobei er letzteren an Schnelligkeit womöglich übertraf. Entwicklungsgeschichtlich gesehen war der Naargg ein typischer Vertreter der Zeitperiode, in der sich Goto augenblicklich befand. Bestens dafür geeignet, zu töten, kannte der Naargg keine Gegner; seine Herrschaft über die Fauna Gotos war unangefochten. Wo er auftauchte, verbreitete er Panik und Schrecken. Seine einzige Daseinsberechtigung schien im Fressen zu bestehen. Ein einziger Schlag der krallenbewehrten Pranke zerbrach das Rückgrat eines Riesenhirsches, zerfetzte Muskeln, Sehnen, Fleisch ...

Erneut riß der Naargg seinen Rachen auf und stieß seinen markerfrierenden Schrei aus, ehe er sich auf alle Viere niederließ und wie vom Katapult geschnellt auf die beiden Jäger zustürmte.

Kyle atmete tief durch, schwenkte den Lauf um eine halbe Handbreite und krümmte den Finger.

Der erste Schuß krachte; die heiße Hülse wurde nach rechts ausgeworfen und versank zischend im Schnee. Trotz der Mündungsbremse ruckte die massive Waffe hart an Kyles Schulter. Durch den Rauchschleier, der aus dem Lauf drang, sah er die breite Schramme, die das Geschoß über den Schädel des Raubtieres gezogen hatte, knapp über dem linken Auge; der Naargg bewegte sich zu schnell, um ein genaueres Zielen zu ermöglichen.

Kyle suchte eine bessere Position für den nächsten Schuß. Er sprang über den Baumstamm. Dahinter fiel der Hang zum See ab; er war mit Felsen übersät, die wie Warzen aus dem blitzenden Eis hervorstanden. Der Wind hatte die Schräge bis aufs Eis glattgefegt. Wer immer auf diese tückische Rutschbahn geriet, dessen Sturz würde erst das Seeufer stoppen.

Beide Beine fest auf dem Boden, visierte er erneut den Schädel des Raubtieres an. Er trat einen Fußbreit nach hinten, verlagerte sein Gewicht – und rutschte aus! Die Überraschung und der momentane Schock bewirkten, daß er abdrückte, noch während er den Halt verlor. Der Rückstoß tat ein übriges; Kyle schrie vor Wut, als er rücklings über die Kante fiel. Auf der schrägen Eisfläche gab es keinen Halt. Sich fortwährend um die eigene Achse drehend, schlitterte er den Hang hinunter, legte immer mehr an Geschwindigkeit zu. Ein brutaler Schlag riß ihm die Waffe aus der Hand; sie wirbelte davon. Schnee und Eis drangen in seine Augen, in den Mund. Er würgte und hustete, barg den Kopf zwischen den Armen, um ihn so vor Verletzungen zu schützen. Erst der schmale, eis- und schneefreie Streifen des Seeufers beendete seinen Sturz. Benommen blieb Kyle sekundenlang auf dem Rücken liegen. Dann richtete er sich auf, erhob sich, rieb den Schnee aus den Augen, blickte den Steilhang empor – und das Blut gefror ihm in den Adern. Erstarrt vor Schreck erkannte er, daß er in allerhöchster Gefahr schwebte. Ein todbringender Koloß von mehr als einer Tonne Gewicht, ausgestattet mit messerscharfen Krallen und Zähnen, erfüllt von blindwütiger Gier, stürzte schräg über den Hang auf ihn zu.

Kyle stöhnte gepreßt auf. Er versuchte, seine Gedanken zu ordnen.

Seine Waffe! Wo befand sich seine Büchse?

Gehetzt blickte er in die Runde, entdeckte das Gewehr mehr als dreißig Schritte von seinem augenblicklichen Standpunkt entfernt in der Sonne blitzen. Viel zu weit weg, um sie noch rechtzeitig in die Hand zu bekommen.

Aus ...

... Arig Kyle, in der Blüte seines Lebens stehender Leiter eines Hanse-Kontors, gestorben auf einem Planeten am Rande der Milchstraße durch eine Verkettung dummer aber vermeidbarer Zufälle! ...

»Nein!« knurrte der Mann. »Nicht mit mir!« Er würde jede noch so vage Möglichkeit ergreifen, dem zu entgehen. Ausweglose Situationen spornten ihn nur an. Nicht von ungefähr hatte die Hanse gerade ihn an die

Spitze von Kontor Goto gesetzt. Männer seines Schlages waren bekanntermaßen erschreckend wenig mit Mittelmäßigkeiten gesegnet.

Kyle sprintete los. Auf die Stelle zu, an der sein Gewehr lag. Alle Kräfte mobilisierend, konzentrierte er sich darauf, die Waffe zu erreichen, ehe der Naargg über ihn herfiel.

Während des panischen Laufs blickte er gehetzt über die Schulter, merkte, daß sich seine Nackenhaare sträubten, als er erkennen mußte, daß die Bestie bereits mehr als drei Viertel des Hanges traversiert hatte und atemberaubend schnell näher kam. Schon glaubte er den heißen Raubtieratem zu verspüren, den reißenden Schmerz, mit dem ihn der Prankenhieb niederstreckte. Er verdoppelte seine Anstrengungen, hetzte weiter, keuchend, mit hämmernden Schläfen.

Aus den Augenwinkeln nahm er eine Bewegung über sich wahr ...

N'pesh!

Der Ophidia tanzte wie ein schwarzes, irrlichterndes Fanal in der blendendweißen Eiswelt entlang der Hangkante. Der Boden in seiner Hand sang schwirrend; die Pfeile zuckten wie Blitze hernieder, trafen ihr Ziel.

Mit abrupter Plötzlichkeit brach der Naargg mitten im Sprung zusammen. Eine Tonne Fleisch, Muskeln und Sehnen, eingehüllt in ein gelblich-weißes Fell, stürzte den restlichen Abhang hinunter und wurde nur von einem Felsvorsprung davor bewahrt, in den See zu rollen.

Im gleichen Moment hatte Kyle seine Waffe erreicht. Er riß sie an sich, warf sich herum – und merkte erst jetzt, daß die Gefahr vorüber war.

Er atmete keuchend, stieß prustend den Atem aus, der in der Kälte kondensierte.

»Noch so ein Erlebnis in nächster Zeit«, murmelte er

abgehackt, »und ich werde etwas gegen weiße Haare unternehmen müssen.«

Die Waffe in der Hand, ging er, noch immer keuchend und japsend, mit staksenden Schritten auf den Kadaver zu. Nur langsam verebbte das Hämmern des Blutes in seinen Schläfen. Erst nachdem er sich vergewissert hatte, daß tatsächlich kein Leben mehr in dem Raubtier war, trat er näher und musterte den Kadaver. N'pesh' Pfeile saßen alle im Nacken, dicht hinter dem Schädelknochen; sie hatten das Rückenmark durchtrennt und die Nervenstränge zerfetzt, die die gesamte Motorik des Räubers kontrollierten. Der Tod war augenblicklich eingetreten.

N'pesh lief den Hang herunter auf ihn zu. »Mächtig viel Unglück, Kyle Mensch«, zischelte er und wiegte ruckartig den Kopf.

Kyle starrte ihn durchdringend an. Dann entschied er, daß Ironie dem Ophidia etwas Fremdes sein mußte, auch wenn er erneut in den Jägerslang verfallen war, den beide auf ihren Touren hin und wieder pflegten.

»Wenn du damit meinst, daß ich mich mächtig viel ungeschickt verhalten habe, kann ich dir nur beipflichten«, versetzte er sarkastisch im gleichen Jargon. »Noch zu keiner Zeit meines Lebens habe ich so viele Fehler gleichzeitig und mit derartigen Folgen gemacht. Wärst du nicht gewesen ...« Kyle ließ den Satz unvollendet.

Ein Blick der goldgesprenkelten Pupillen traf ihn.

»Wenn wir auf Jag gehen, gehen wir zu zweit, Kyle Mensch«, sagte N'pesh, jetzt wieder in fast reinem Interkosmo.

Der Terraner verstand. N'pesh bedeutete ihm damit nur, daß einer für den anderen da zu sein hatte. *Sorgfaltspflicht als beherrschendes Leitmotiv einer Jägerkultur? Offensichtlich! Und auch gar nicht so ungewöhnlich; die syntronisch gespeicherten Archive der Explorerflotte waren voll mit Berichten über derartige Verhaltensweisen bei exotischen Völkern auf unzähligen Planeten.*

Kyle fühlte plötzlich eine tiefe Zuneigung für seinen Jagdgenossen in sich emporsteigen. »Ich schulde dir mein Leben, N'pesh«, sagte er nachdrücklich. Und im Idiom der Ophidia fügte er das Wort *Freund* hinzu.

N'pesh keckerte verhalten. Er machte eine abwehrende Geste.

»Zu viele Worte, Mensch. Du schuldest mir nichts. Höchstens Arbeit.«

Kyle hob überrascht die Augenbrauen. »Ich verstehe nicht.«

N'pesh deutete auf den Kadaver. »Du wolltest das Fell des Naargg. Du solltest mir mächtig viel helfen, ihn zu häuten.«

Die Stimme war leise, doch deutlich und klar. Sie drang aus dem winzigen Lautsprecher des Minikoms an Kyles Handgelenk.

»Doktor Kyle!«

Der Leiter von Kontor Goto runzelte die Stirn.

»Kyle hier. Wer dort? Bitte kommen!«

»Carro. Nachrichtenzentrale. Doc Maggin möchte dich sprechen.«

»Sag ihr, mein Urlaub wäre noch nicht zu Ende,« machte Kyle den vergeblichen Versuch, das Unabwendbare nicht geschehen zu lassen. Gleichzeitig überkam ihn ein ungutes Gefühl. Was Maggin wohl von ihm wollte? Ohne triftigen Grund würde sie ihn kaum stören.

Undeutlich vernahm er eine schnell geführte Unterhaltung am anderen Ende der Funkverbindung, dann gewann Doc Maggins helle Stimme die Oberhand.

»Arig!«

»Was gibt's? Etwas Wichtiges?«

»Kann man wohl sagen.«

Alarmiert registrierte Kyle Besorgnis und eine gewisse Trauer in der Stimme Lyle Maggins. »Berichte ...«, bat er die Chefärztin von Havens Port.

Er lauschte aufmerksam. Hörte schweigend zu, was die Medizinerin zu berichten hatte; je länger sie sprach, um so mehr Falten bildeten sich auf Kyles Stirn. Schließlich sagte sie: »Du siehst also, daß deine Anwesenheit erforderlich ist. Du bist der Chef. Du bestimmst, was zu geschehen hat.«

»Gut«, antwortete Kyle. »Wartet auf mich. Ich bin ...«, er blickte kurz auf die Uhr und überschlug in Gedanken die Distanz, die er mit der Antigrav-Plattform bis zur Space-Jet und von dort weiter nach Havens Port zu überbrücken hatte »... in maximal zehn Stunden bei euch.«

»Wir warten auf dich. Bis zu deinem Eintreffen dürften Rod und Fener auch die Auswertung der Black Box abgeschlossen haben.«

»Bis dann also. Ende.«

Arig Kyle unterbrach die Verbindung und verharrte ein paar Minuten regungslos. N'pesh beendete das Abhäuten des Naargg; der gekrümmte, breitflächige und rasiermesserscharfe Skinner in seiner dreifingrigen Hand troff vor Blut. Dann säuberte er das Werkzeug im Schnee, schlug das Fell zu einem Packen und hob es ohne sichtbare Anstrengung auf die Antigravplattform.

»Mächtig viel Palaver, Kyle Mensch«, zischelte er.

Der Hanse-Mann nickte. »Mächtig viel Probleme, N'pesh. Probleme, die meine Anwesenheit in Havens Port erforderlich machen. Tut mir leid, aber ich fürchte, unser Jagdausflug findet ein vorzeitiges Ende.«

4.

In einem Winkel von etwa neunzehn Grad flog die ALLURA schräg zur Ekliptik in das System ein. Agama V trieb langsam nach links achtern aus dem Sichtbereich des Frontschirmes; der Rest des Planetensystems lag voll ausgebreitet im Blickfeld der beiden Hanse-Spezialisten. Agama IV befand sich augenblicklich jenseits der riesigen Sonne am oberen Rand des Schirmes; dazwischen waren, entsprechend ihrer jeweiligen Stellung zur Sonne mehr oder weniger deutlich, die drei inneren Welten zu sehen. Ebenso das, was Jeb als *Anomalie* bezeichnet hatte: Durch die gesamte Ekliptik verteilt zog sich eine silberne Spirale aus Millionen winziger Objekte.

Der Plophoser holte tief Luft. »Syntron. Objekterfassung. Willkürliche Auswahl. Nahbereichortung.« Die Finger seiner Rechten bewegten sich über die Sensortastatur des kleinen Symunikator-Displays in der Armlehne, das ihn mit dem Hauptsyntron verband. Binnen Sekunden wuchs aus der Tiefe des Frontschirmes eines der Objekte heraus, manifestierte sich als eine glänzende, etwa kopfgroße Kugel, die in ihrer virtuellen Realität langsam um eine fünfundvierzig Grad geneigte, imaginäre Achse rotierte. Neben ihr projizierte die Syntronik einen Datenblock.

»Herrjee!« Jebs Verblüffung war unverkennbar. »Was haben wir denn da?« Er sah Majori von der Seite an. »Du bist die Geologin. Kannst du dir einen Reim darauf machen?«

»Und ob ich kann.« Majori nahm ihre Unterlippe zwischen die Zähne; ihre Beunruhigung vertiefte sich, während sie die Ziffern und Diagramme in sich aufnahm. Die Anomalie entpuppte sich als eine endlose Kette von Kugeln, jede einzelne mit einem Durchmesser von fünfzig Metern, die Hülle durch und durch massiv, etwa zwei Meter stark. Laut den Scannern bestanden sie aus hochwertigem Erz und waren, bis auf ein paar flüchtige Spuren, fast ohne Verunreinigung; ihr Innenraum war leer.

»Kein natürliches Phänomen«, stellte der Plophoser fest.

»Natürlich nicht«, murmelte die Hanse-Spezialistin beunruhigt. »Es wirft außerdem eine Menge von Fragen auf.«

Das Schiff war mittlerweile tief in das System eingedrungen.

»Irgend etwas stimmt hier nicht.«

»Was!« Jebs Kopf ruckte hoch.

»Mir gefällt das nicht, gefällt mir ganz und gar nicht.« Majoris Stimme klang gepreßt. Etwas warnte sie, aber es war nicht ersichtlich *wovor*. Trotzdem wurde ihre Besorgnis mit jeder verstreichenden Minute stärker und stärker. Irgendwie hatte sie das Gefühl einer unmittelbaren Bedrohung. Plötzlich hatte sie einen Entschluß gefaßt. »Syntron. Schutzschirme aktivieren!«

»He ...!« stieß Jeb überrascht hervor, während die Statusanzeigen den Aufbau des HÜ-Schirms um die kleine ALLURA signalisierten. »Verdammt, Majori, was soll das?«

»Nur zur Vorsicht. Außerdem ... wir sollten verschwinden.« Majoris Stimme bekam einen drängenden Unterton. »Das ist ein bißchen zu groß für uns. Lassen wir doch die LFT nach dem Rechten sehen.«

»Was stört dich? Ich sehe keinerlei Anhaltspunkt für etwas Ungewöhnliches in unserer Nähe.«

»Machen wir, daß wir wegkommen!« beharrte sie mit

Nachdruck. »Auf der Stelle!« In ihrem Gesicht spiegelten sich widerstreitende Emotionen. Etwas schien sie in allerhöchste Alarmstimmung zu versetzen.

Er sah sie irritiert an. »Gründe?«

Die Hanse-Spezialistin lächelte verkrampft. »Vielleicht weibliche Intuition ... vielleicht«, setzte sie nach einer winzigen Pause hinzu, »auch nur pure Abneigung gegen das, was wir hier vorfinden. Überleg doch mal!« Majori deutete auf die Anzeigen. »Es ist zu ruhig dort draußen. Das Erz, aus dem diese Kugeln bestehen, wurde irgendwo gefördert. Klar? Es muß in Verhüttungsfabriken geschmolzen, in diese Form gebracht und mittels verdammt viel Energie in den Raum geschickt worden sein. Ziemlich aufwendig, das Ganze; meines Wissens erfordert dies eine große Organisation. Aber von all der damit verbundenen Aktivität ist nichts zu merken. Merkwürdig, findest du nicht?« Ihre Stimme bekam einen leicht hysterischen Klang. »Höchst merkwürdig, das alles!«

Jeb musterte für Sekunden stirnrunzelnd die Displays, dann sah er auf seine Partnerin. Ihr Lächeln konnte ihn keinen Augenblick täuschen; der Unterton in ihrer Stimme verriet eindeutig Panik.

»Na gut«, kam seine Entscheidung, »verschwinden wir.« Wenn er ihre Paranoia auch nicht begriff, so hatte Majori sicher neben der eben gegebenen Erklärung ein weiteres halbes Dutzend überzeugender Argumente dafür, diesem System auf schnellstmögliche Weise den Rücken zu kehren. »Du wirst die ...«

Das Aufjaulen der Ortungswarnung unterbrach ihn, ehe er seinen Satz zu Ende führen konnte. Mit einer auf allen Instrumenten und Monitoren angezeigten Strukturerschütterung schoß etwas bedrohlich Großes aus dem Raum-Zeit-Gefüge, materialisierte weniger als dreitausend Meter entfernt im Normalraum – und innerhalb von wenigen Zehntelsekunden traf ein ungeheuerlicher Schlag das kleine Schiff. Er zerstörte in einem einzigen Aufblitzen die Schutzschirme, griff nach der Metallhaut der äußeren Zelle und beulte sie nach innen. Die sich durch das Schiff fortpflanzende Stoßwelle riß in allen Sektoren Modulsegmente und Ausrüstungsmaschinen reihenweise aus ihren Verankerungen. Die normale Beleuchtung fiel aus, machte dem Rotlicht der Notfallsituation Platz.

»Achtung. Achtung«, meldete sich die betont forsche Kunststimme des Syntrons, dabei mühelos das Heulen der Alarmsirenen und das Kreischen berstenden Metalls übertönend. »Gravitationsschockwelle. Übertritt in exakt drei-komma-eins-fünf Kilometer Entfernung. Notfallsituation. Transformkanonenbeschuß. Notfallsituation. Ausfall der Schutzschirme. Notfallsituation!«

Gleißend blaues Licht brach über die Schirme herein, tauchte das Innere der Kommandozentrale in ein zuckendes Stroboskopfeuer blendender Helligkeit und tiefschwarzer Schatten. Lichtbogenbrücken sprangen irrlichternd von einer Instrumentenkonsole zur anderen, brannten sich zischend und fauchend ihren Weg. Splitternde Modulverkleidungen aus Ceram-Plast flogen als flirrende Messer durch die Luft und zerstoben an den Terkonitwandungen zu glitzernden Wolken. Das Schiff schlingerte und taumelte; die gesamte Zelle begann zu vibrieren, schüttelte sich wie ein waidwundes Tier. Die beiden Hanse-Spezialisten wurden in ihren Kontursitzen wie Gliederpuppen hin- und hergeworfen, denen man die Halteschnüre gekappt hatte.

Majori keuchte schmerzhaft auf, als sich die Sicherheitsklammern der Notfallautomatik um ihren Körper schlossen und sie in die Polsterung preßten; einen Herzschlag lang starrte sie die wenigen noch funktionsfähigen Statusdisplays an, unfähig zu akzeptieren, was plötzlich über sie hereinbrach. Dann endlich wich die Lähmung entsetzlicher Hilflosigkeit. »Wir werden angegriffen!« schrie sie gellend, während sie ohnmächtig mitansehen mußte, wie die Strahlenbahnen von Impulskanonen die Schiffshülle zu einem bösartigen Glühen brachte und sich gebündelte Energien durch die Wagenstruktur ins Innere fraßen. »Tu was, Jeb ... verdammt, Jeb, tu was!« Sie sah zur Seite, sah überall Blut – und mit einem eiskalten Schock plötzlicher Erkenntnis wurde sie gewahr, daß Jeb nichts mehr tun konnte. Ein gezacktes Segment aus der Verkleidung einer Modulkonsole hatte sich durch die Brust des Plphosers gebohrt und ihn an die Rückenlehne genagelt. Der Kommandant des Hanse-Schiffes war tot.

Majori öffnete den Mund zu einem Schrei, den sie aber nie mehr vollenden konnte, weil die Hülle des Schiffes in einer Agonie unvorstellbarer Hitze barst.

Und in ihr erlosch alles Leben an Bord ...

Der Feuerorkan in dem drei mal drei Meter messenden Holokubus zerflackerte, und der Projektionsschirm zeigte für eine Weile nur noch die Datensequenzen, die den Weg der Sonde durch den Hyperraum markierten, ehe auch diese verblaßte. An ihre Stelle trat das Analogon des Sonnensystems, zu dem Goto gehörte.

Niemand sprach.

Dann stieß Arig Kyle geräuschvoll den Atem aus; obwohl er die Geschehnisse aus der Distanz des Holos erlebte, war ihm, als schien er persönlich mit an Bord gewesen zu sein, klang ihm noch immer Majori Andos verzweifelter Hilferuf im Ohr, vermeinte er, die alles versengende Hitze auf der Haut zu spüren, mit der das Innere der kleinen Zentrale mitsamt den beiden Hanse-Spezialisten aufflammte und in einer lodernden Wolke zerstob.

Er sah jeden der Anwesenden der Reihe nach an. Mit ihm waren noch fünf weitere Personen im Raum – sein engerer, persönlicher Stab –, die ebenso wie er die Aufzeichnungen der Sonde zum erstenmal in voller Länge gesehen hatten. Die meisten Gesichter waren geprägt von den widersprüchlichsten Emotionen.

»Wie lange ist das jetzt her?« frage Arig Kyle gefährlich leise in den Raum hinein, erfüllt von kaltem Zorn. Er selbst war vor knapp 100 Minuten mit der Space-Jet, aus der Polregion von Goto kommend, auf dem kleinen Raumhafen vor dem Verwaltungsgebäude von Havens Port gelandet. Es war, nach planetarer Zeitrechnung, fast Mitternacht gewesen, als er sich, vom Chef der Sicherheit in Empfang genommen, auf direktem Weg zum Besprechungsraum begeben hatte, um die Auswertung mitzuerleben. Kyle hatte sich nicht mal die Zeit zum Umziehen genommen, sondern trug noch immer seine Jagdkleidung, lediglich die schwere Parka hatte er achtlos über eine Sessellehne geworfen.

»Seit die Sonde mit der Black Box über Goto aus dem Hyperraum auftauchte – zweiundzwanzig Stunden.« Es war Fener Bollhoe, der antwortete. Der hagere Kommunikationsspezialist und Systemanalytiker fixierte irgendeinen Punkt an der gegenüberliegenden Wand; wenn man nicht zu genau hinsah, wirkte sein Gesicht ruhig, aber Kyle bemerkte die Spannung, die etwas von dem Zorn verriet, der in ihm brodelte.

»Wie groß ist die Wahrscheinlichkeit, daß es sich um eine Verkettung unglücklicher Umstände handelt?« fragte Ripa Manea, die Leiterin der Psycho-Soziologischen Abteilung. »Ein technischer Defekt vielleicht?«

»Unsinn!« entgegnete Garth Pero schärfer als beabsichtigt. »Die Annahme, daß das Schiff *nicht* vorsätzlich vernichtet wurde, erscheint mir ... hmm ... äußerst unwahrscheinlich.«

Kyle registrierte ein wenig erstaunt, wie ungehalten, ja ärgerlich sein Chefingenieur reagierte. Das mußte er im Auge behalten; was er zu diesem Zeitpunkt nicht brauchen konnte, waren Animositäten zwischen den einzelnen Abteilungen.

»Auch nach meinem Eindruck können wir wohl mit ziemlicher Sicherheit davon ausgehen, daß das ... das Disaster absichtlich herbeigeführt wurde«, stellte Lea Susa traurig fest; die schwergewichtige Anthropologin vom Planeten Oxtorne hatte ihre Betroffenheit noch immer nicht unter Kontrolle.

»Schon irgendwelche Vermutungen, was oder wer dahintersteckt, Rod?« Kyle wandte sich an den Leiter der Sicherheit.

»Wir wissen zwar mit großer Wahrscheinlichkeit, was dahintersteckt, nämlich eine Batterie schwerer Impulsgeschütze, aber nicht *wer*«, erwiderte Rod Yerer mit rauher Stimme. »Noch nicht, Arig. Wir arbeiten daran. Einen Anhaltspunkt haben wir jedoch schon. – Entschuldige einen Moment.«

Im Hintergrund hatte sich eine Tür geöffnet.

Eine Technikerin aus Fener Bollhoes Kommunikation betrat den Konferenzraum, orientierte sich kurz und kam schnellen Schrittes auf Yerer zu, ein Holodisk wie eine Trophäe in der Hand schwenkend. Yerer nahm ihn in Empfang, nickte ihr zu und wartete, bis sich die Tür wieder hinter ihr geschlossen hatte. Mit einem flüchtigen Seitenblick vergewisserte er sich erst, daß er die uneingeschränkte Aufmerksamkeit aller hatte, ehe er erneut das Wort an sie richtete.

»Wir wissen, die SyntroLog-Anlage war aktiviert und überwachte den Zustand des Schiffes, den Kurs sowie die biologischen Parameter der Besatzung. Wir wissen ferner ...«, ohne es zu merken verfiel er in einen dozierenden Tonfall, »einmal aktiviert, kann nichts und niemand sie davon abhalten, alles aufzuzeichnen. Sie zu manipulieren ist ausgeschlossen. Davon auszugehen, sie sei fehlerhaft und ihr Speicherinhalt deshalb nicht relevant, ist ebenfalls so gut wie unmöglich. Zwar ist uns bekannt, daß extrem hochfrequente Fünf-D-Resonanzen in bestimmten syntronischen Anlagen Fehlfunktionen bewirken können – ich sage ausdrücklich *können* –, aber das betrifft nicht die Pikosyns der Flugdatenspeicher mit ihren redundanten Mikrokosmen. Wir haben ihre Funktion wieder und wieder geprüft, deshalb ist ...«, Yerer wandte sich nun direkt an die Leiterin der Soziologischen Abteilung, »... eine Aneinanderreihung unglücklicher Umstände in der von dir angedeuteten Form wohl auszuschließen, Ripa. Außerdem ...«

»Wir können also davon ausgehen, daß das Ereignis, welches die ALLURA zerstörte und die Besatzung tötete, von außen erfolgte?« unterbrach Kyle den Redefluß seines Sicherheitsmannes.

Yerer runzelte die Stirn. »Selbstverständlich«, sagte er, leicht verstimmt über die Unterbrechung. »Habe ich das nicht klar gemacht?«

»Doch, doch«, nickte Arig Kyle.

Rod Yerer warf ihm einen irritierten Blick zu, ehe er weitersprach. »Wie gesagt, eine endgültige Aussage darüber, wer hinter dem Überfall steckt, kann ich nicht treffen, aber ich kann sehr wohl etwas darüber sagen, *was* das Schiff zerstört und das Team getötet hat. Ich habe die betreffende Sequenz noch einmal bearbeiten lassen – und dies ist das Ergebnis.«

Der Sicherheitsexperte ließ den Datenträger in den Eingabeschlitz der Holokonsole gleiten und nahm auf dem Symunikatorpaneel einige Anpassungen vor. Dann sagte er: »Syntron. Sequenzwiederholung der markierten Passagen. Zeitraffer-Wiedergabe.«

Das Hologramm baute sich auf – und erneut nahm der Alptraum Gestalt an, als das dreidimensionale Gefüge des Raumes sich öffnete und die Strukturlücke ruckartig wie in einem antiquierten Animationsfilm jenes große Etwas gebar, dem die ALLURA zum Opfer gefallen war.

»Was haben wir denn *da?*« Garth Pero beugte sich mit einem Stirnrunzeln vor. Der Chefingenieur blickte verdutzt auf das Holo, nachdem die Syntronik das letzte Bild der Sequenz angehalten hatte.

Im Projektionsfeld erstarrte ein Kugelraumer mit nur schwach ausgeprägtem Ringwulst zur Unbeweglichkeit. Die eingeblendete Vektorgrafik gab ihm einen Durchmesser von 150 Metern; die Wandungen waren von buckelförmigen Auswüchsen übersät. Daneben entfaltete die Syntronik eine Strukturskizze des Raumschiffes, über die sich mehrfarbig abgesetzte Systemschemata legten, die seine Antriebshierarchie und Bewaffnung markierten. Wie vermutet, verbargen sich hinter den Buckeln nachträglich angebrachte Offensiv-Waffensysteme. Zwar sahen Kugelraumschiffe in der ganzen Galaxis sehr ähnlich aus, abgesehen von der Größe. Zur Unterscheidung bediente man sich deshalb überwiegend einer Kennzeichnung aus Buchstaben und Ziffern, wenn es nicht ein ziviler Kapitän für angebracht hielt, sein Schiff durch eine aufwendige Bemalung aus der anonymen Masse hervortreten zu lassen. Die stumpfschwarze Hülle dieses Schiffes wies allerdings keines der bekannten Unterscheidungsmerkmale auf – bis auf eines!

Kyles graue Augen verengten sich.

»Syntron. Verstärke die Linien in den Sektoren ...« Er nannte eine Reihe von Zahlen.

Wie von Geisterhand legte sich ein Raster über das Holo des Raumschiffes; eine rote Linie begann zu wandern – und schließlich war das Bild fertig: drei dolchförmige Zacken, von denen die beiden äußeren V-förmig auseinanderstrebten, der mittlere war etwas länger als die anderen.

»Ein Dreieckssymbol!« Fener Bollhoe pfiff überrascht durch die Zähne.

»Wessen Logo ist das denn?« Peros Gesicht verzog sich zu einer Grimasse.

»Wir werden es herausfinden«, Kyles Stimme klang heftig und scharf. »Es hat Opfer gegeben. Zwei Tote. Ich will wissen, weshalb sie gestorben sind, warum sie sterben mußten ... wer immer es auch war, er wird zur Rechenschaft gezogen werden, so wahr ich Arig Kyle heiße!«

Für Sekunden herrschte Schweigen nach diesem Ausbruch. Dann meldete sich Yerer wieder zu Wort.

»Und? Was hast du vor?«

Kyle lächelte vage. »Was, glaubst du wohl, werde ich tun?«

Der Sicherheitsexperte räusperte sich.

»Wie ich dich kenne, wirst du dich nicht davon abhalten lassen, dem System der Sonne Agama einen Besuch abzustatten. Was sonst!«

Kyle nickte. Nach kurzer Pause sagte er: »Genau das habe ich vor.«

»Jeder einzelne meiner Männer wäre erpicht darauf, dir behilflich zu sein«, schnaubte Rod Yerer. »Und wie!«

»Ich würde«, meldete sich Lyle Maggin, die bislang der Unterhaltung schweigend gefolgt war, zu Wort, »wäre ich an deiner Stelle, Arig, mich erst mit Terrania in Verbindung setzen, dort mit jemand sprechen und versuchen, entsprechende Unterstützung für das Unternehmen zu erhalten.«

Die Chefärztin von Havens Port war eine vierundfünfzigjährige, schlanke Frau von überwältigender

Selbstsicherheit; das schulterlange, schwarze Haar bildete einen starken Kontrast zu dem lindgrünen Labormantel, den sie über ihrer weißen Kombination trug. Sie sagte kaum etwas Unüberlegtes. Impulsivität war ihr fremd, was Kyle in bestimmten Situationen hin und wieder bedauerte, sogar sehr.

Nach kurzem Schweigen sagte er: »Genau das sind meine primären Überlegungen. Ich werde nichts ohne Zustimmung von HQ-Hanse unternehmen. Wir sind eine Minenwelt, haben weder ausreichend bewaffnete und vor allem schnelle Schiffe, noch genügend kampferprobte Mannschaften – deine Männer natürlich ausgenommen, Rod«, Kyle grinste dünn, als Rod Yerer eine schroffe Bewegung machte. »Ich möchte jedes unnötige Risiko vermeiden.«

»Wen wirst du auf diese Mission mitnehmen?« warf Pero ein.

Kyle hob in einer abwehrenden Geste die Hand. Tiefe Linien hatten sich in sein Gesicht gegraben.

»Ich bin seit ...«, er warf einen Blick auf das Multifunktionsgerät an seinem Handgelenk, es war weit nach Mitternacht, »... mehr als vierundzwanzig Stunden nicht mehr richtig zum Schlafen gekommen und einfach zu müde, jetzt darüber nachzudenken, wie wir vorgehen wollen und wer mich nach Agama begleiten wird. Außerdem hängt das auch ein bißchen damit zusammen, was HQ-Hanse beschließt. Wir alle brauchen ein bißchen Ruhe, machen wir deshalb Schluß für heute. Danke.«

Sie erhoben sich von ihren Plätzen, wandten sich zum Gehen.

»Ach, Fen!«

»Chef?« Der Kommunikationsspezialist drehte sich zu Kyle um.

»Bitte einen Kanal nach Terrania mit dem Amt für

Stellare Handelsbeziehungen. Und bereite die Übermittlung der Daten aus der Black Box vor. HQ-Hanse sollte wissen, was vorgefallen ist.«

»Schon geschehen. Die Verbindung steht dir in wenigen Minuten zur Verfügung.«

Kyle nickte anerkennend. »Gut. Ich komme gleich rüber.«

Fener Bollhoes Reich grenzte unmittelbar an den Besprechungsraum, nur durch eine Doppeltür davon getrennt. Dahinter lag eines der Nervenzentren von Havens Port. Dort befanden sich die großen Konsolsyntrons, standen die wuchtigen Kommunikationsgeräte, mit denen Goto – über Relaisketten – Verbindung hielt zu den anderen Handelskontoren in der Lokalen Gruppe und mit dem HQ-Hanse in Terrania, sowie die peripheren Systeme, mit denen man in Kontakt zu den einzelnen Minen-Camps auf Goto oder den Prospektoren mit ihren Schürfrobotern draußen im All treten konnte.

Helles Kunstlicht und eine Welle hektischer Betriebsamkeit empfingen den Leiter von Kontor Goto bei seinem Eintritt; hier wurde rund um die Uhr Dienst getan.

Kyle sah sich flüchtig um; die augenblickliche Schicht bestand je zur Hälfte aus Robots sowie aus humanoiden Technikern und Technikerinnen.

»Arig!« Fener winkte ihm quer durch den Raum zu. »Hierher. Dein Gespräch mit Terra.«

Kyle setzte sich in den freien Sessel vor einer Schirmkonsole und tastete die Sensorfelder auf »Bereit«. Das Signal der Hyperfunkstrecke kam, und vom Schirm herab blickte ihn das Gesicht eines Mannes mit stark gelichtetem Haar und zerfransten, eisgrauen Brauen über malachitfarbenen Augen an.

»Hallo, Kyle.«

»Hallo, Direktor.«

»Was macht Goto?«

»Es geht so,« antwortete Arig artig; die Begrüßungen mit Roul Hamil liefen stets nach gleichem Muster ab. Im Direktionsstab des Amtes für Stellare Handelsbeziehungen war er als Sektionsleiter für den Erzabbau Kyles unmittelbarer Vorgesetzter.

»Du hast Neuigkeiten?«

»Keine besonders guten fürchte ich, Roul«, gestand Arig.

»Berichte!« Hamil hatte einen tiefen Bariton. Die Stimme eines Predigers oder Propheten. Und er war ein Mann von schnellen und meist richtigen Entschlüssen.

Kyle berichtete in knappen, präzisen Worten, was die Aufzeichnung der Sonde hergegeben hatte. Obwohl er in diesem Fall nur Beobachterstatus eingenommen hatte und ihn die Distanz von mehreren hundert Lichtjahren vom unmittelbaren Geschehen trennte, tat er dies mit nur mühsam unterdrückten persönlichen Emotionen. Und er beendete seinen Bericht dort, wo das Schiff mit dem Dreiecklogo aus dem Hyperraum gekommen war.

»Verdammt!«, sagte Hamil nach einer Weile des Schweigens. Und dann noch einmal mit allem Nachdruck: »Verdammt! Was ist da los?«

»Das wüßten wir auch nur zu gerne.«

»Wie steht's mit dem Inhalt der SyntroLog-Anlage?«

Die Daten der Black Box aus dem Prospektorenschiff gingen als komprimierter Impuls über die Hyperfunkantennen hinaus; auf der Statusleiste am unteren Rand des Schirmes flirrten nacheinander die Bestätigungen der einzelnen Relaisstationen, über die die Nachricht lief, bis nach knappen 20 Sekunden das Display »FINal« und das Logo der Hanse anzeigte.

Roul Hamil bestätigte den Empfang. »Eine Idee, wer dahintersteckt?« fragte er.

Arig Kyle verneinte. »Woher denn ... aber ich brenne darauf, es herauszufinden. Das bin ich meinen Leuten schuldig.«

Der Direktor nickte. »Sicher«, murmelte er, »sicher, Kyle.«

Leiser sprach er mit jemandem außerhalb der visuellen Erfassung. Er nickte ein paarmal, schüttelte zweimal den Kopf in einer verneinenden Geste. Dann wurde seine Stimme lauter, als er sich wieder an den Leiter von Kontor Goto wandte.

»Was steht auf Goto an Schiffen zur Verfügung?«

»Zehn Leichte Holks, vier Karracken, ein paar Handvoll Kroppzeug, drei Erzfrachter – und eine Kogge. Warum?«

»Hm, alles nicht schnell genug und nicht ausreichend genug bewaffnet. Gut, bleib am Gerät. Ich melde mich in Kürze wieder.«

Auf dem Schirm blieb das Symbol des HQ-Hanse weiterhin sichtbar, was bedeutete, daß die Hyperfunkstrecke von Goto nach Terrania über die galaktische Relaiskette nach wie vor aufrecht erhalten wurde.

Kyle lehnte sich zurück und betrachtete abwesend einen Aufkleber über dem Schirm, auf dem in Großbuchstaben der Satz ICH WEISS, DASS ICH NICHTS WEISS stand; jemand hatte mit rotem Fettstift darunter geschrieben: *Aber das weiß ich wenigstens!* Arig grinste verhalten; Scherze wie diese erinnerten ihn an den Abschnitt seines Lebens, den er während seiner Studienzeit in Terrania verbracht hatte ...

»Auch einen, Chef?«

Kyle sah zur Seite. Eine Nachrichtentechnikerin stand am Automaten, sah in seine Richtung und hob dabei ostentativ eine dicke Tasse in die Höhe. Erst jetzt wurde er gewahr, daß es überwältigend nach frisch gebrühtem Kaffee roch.

»Danke, ja.« Er nickte emphatisch. »Bitte mit viel Milch, ohne Zucker.«

Der Kaffee war von einer Stärke, die in einem Haluter vermutlich die sofortige Drangwäsche ausgelöst hätte; unwillkürlich erinnerte sich Kyle an einen Kommilitonen, der nach durchzechten Nächten in den Pubs um die Akademien nach einem uralten Ritus einen ebenso starken Kaffee zu brauen in der Lage gewesen war ...

Nach der dritten Tasse sprach die Automatikschaltung des Hyperkoms erneut an und verdrängte alle Gedanken an die Vergangenheit. Roul Hamils Gesicht baute sich wieder auf dem Schirm auf. Ohne Umschweife kam er zur Sache.

»Kyle! Hör genau zu! Ein Liga-Schiff, die LAPLACE, befindet sich auf einer wissenschaftlichen Mission nur zweihundert Lichtjahre von Goto entfernt. Kommandant ist Nik Lajew. Er wird in zweiundsiebzig Stunden deiner Zeitrechnung über Goto erscheinen. Geh an Bord. Kapitän Lajew wird über alles informiert sein. Sprich mit ihm die weitere Vorgehensweise ab. Verstanden?«

»Ja, Direktor.«

»Dein Auftrag lautet«, fuhr Roul Hamil mit seiner tiefen Baritonstimme fort, »herauszufinden, was im Agama-System vor sich geht. Ein Vorfall wie dieser sollte nicht ignoriert werden. Du hast freie Hand in deinen Entscheidungen. Unser Mann an Bord ist Pet Yulal, er wird dich in allem unterstützen ... Was hast du denn?« erkundigte er sich ungehalten, als Kyle die Hand hob, um ihn zu unterbrechen.

»Der Name war wirklich Yulal ... Pet Yulal?«

»Einer unserer besten Spezialisten in Dingen wie diesen«, bestätigte, Hamil. »Warum? Bestehen Einwände? Hast du was gegen den Mann?«

Arig Kyle grinste verhalten. »Wohl kaum.«

»Könnte es dann von seiner Seite aus Schwierigkeiten in der Zusammenarbeit geben?« Der Blick der grünen Augen wurde forschend.

»Schwerlich vorstellbar«, meinte Kyle und lächelte stärker. »Wir kennen uns von früher.«

»Wie schön, da hast du schon mal eine Schulter, an der du dich ausweinen kannst – falls Bedarf besteht«, meinte der Direktor trocken; der Sarkasmus in seinem Tonfall war nicht zu überhören. Dann wurde er übergangslos ernst und fuhr fort: »Wie gesagt, forsche nach. Wie du es anstellst, ist deine Sache. Von uns erhältst du jedenfalls jegliche Hilfestellung. Ich kenne eine Menge Leute, die eine Menge Befugnisse besitzen, falls meine nicht dazu ausreichen sollten, das zu bekommen, was notwendig ist. Einverstanden?«

»Selbstverständlich«, sagte Kyle mit Nachdruck.

»Gut. Nimm meine besten Wünsche mit. Finde heraus, was dort am Rande der Galaxis vor sich geht.«

Roul Hamil trennte die Verbindung; diesmal endgültig.

Die große Uhr über der Hauptkonsole zeigte an, daß die zweite Stunde des neuen Tages schon vorüber war.

5.

Der Förderroboter glich einem monströsen Gliederwurm; vier Stockwerke hoch und etwa hundert Meter lang. Er warf einen riesigen Schatten. Die drei erzfressenden Schaufelräder an der Kopfseite vertieften noch den Eindruck eines gigantischen Ungeheuers. Mit dem Carrier hatten sie in zwanzig Minuten die Distanz zu ihm überbrückt. Almod setzte den Gleiter unmittelbar hinter der zähnestarrenden Phalanx von Schaufelrädern und Projektoren auf dem Rücken des Erzabbau-Roboters ab; wie die Mandibeln einer Zecke fuhren kräftige Andockklammern von unten in die Halterungen und verriegelten.

Es war früher Morgen.

Almod trieb seine Leute zur Eile; die anderen sieben Kolosse der selbstfahrenden Erzabbauanlagen hatten bereits die Maschinen laufen, wie er durch einen Blick nach Osten feststellte.

Er riß das Luk auf, das in den Bauch der Maschine führte. Die Männer enterten die Sprossen und eilten über Katzenstege aus Gitterrosten zu ihren Wartungsstationen. Er folgte ihnen über die Leiter nach, hinein in den abgestandenen Mief aus gefettetem Metall und Monoxiden, aber anstatt nach hinten in die gewaltige Tiefe des Förderroboters zu gehen, wandte er sich nach vorn und öffnete das Schott zur fensterlosen Kanzel.

Licht flammte auf ...

Almod zog die Luke hinter sich zu. Mit den Füßen voran schob er sich in den Kontursessel, rückte sich zurecht, bis er die ideale Lage gefunden hatte. Er drückte nacheinander eine Reihe von Schaltern auf der halbkreisförmigen Instrumentenkonsole; der Schutzkäfig schloß sich um ihn, Anzeigen und Monitorschirme erwachten zum Leben. Die Enden der Armlehnen seines Gliedersessels falteten sich zu Bedienfeldern auf, die er mit minimalen Fingerbewegungen aktivieren konnte. Unter ihm lief im Innern der Anlage der Fusionsreaktor an, der das metallene Ungeheuer mit Energie versorgte. Die Klimaanlage begann zu winseln.

Während Almod darauf wartete, daß die Systeme zum Leben erwachten, glitten seine Gedanken zurück. Seit sie Decon auf der Oberfläche aufgespürt und in die Niederlassung zurückgebracht hatten, waren Tage vergangen. Wie viele, konnte er auf Anhieb nicht sagen; wieder einmal hatte er sein Zeitgefühl verloren. Woran er sich erinnerte, war, daß bei Decon jegliche Hilfe zu spät kam. An seiner Stelle hatte er jetzt Janifer im Team, einen schweigsamen Kerl, der nur redete, wenn das Wort an ihn gerichtet wurde.

Ein stetiges Blinken brachte Almod in die Gegenwart zurück: Die Statusanzeige der Energieversorgung signalisierte die Bereitschaft aller Systeme für den Koloß.

Mit dem Handballen schlug er auf den gelben, pilzförmigen Druckschalter. Die gepanzerten Wände seiner Kabine wichen plötzlich von ihm zurück – und er saß in seinem Schutzkäfig mit der Konsole vor dem Bauch in rund fünfzehn Meter Höhe direkt über den Schaufelrädern aus strukturgehärtetem Terkonit scheinbar im Freien. Eine holographisch erzeugte Realität, die es ihm ermöglichte, aus der gekapselten Führerkabine heraus diesen metallenen Koloß ohne den einschränkenden Umweg über Bildschirme zu lenken. Das syntronische Netz, in dem er wie eine Spinne saß, analysierte jede Störung und lieferte in Gedankenschnelle über eingeblendete Displays eine Lösung, die er ohne Zeitverzug über die Sensortasten weitergeben konnte.

Mit einem Fingerdruck aktivierte er die Interverbindung. »Könnt ihr mich hören?«

»Laut und deutlich, Capo.«

Myce keuchte leicht; er hatte den weitesten Weg gehabt. Sein Platz war hinten bei den Containern, in denen sich das gebrochene und zerkleinerte Erz sammelte – durch Förderrohre mit kombinierten Zug- und Preßstrahlfeldern dorthin geschafft –, um dann von den integrierten Rahmen-Trägerarmen und deren energetischen Antigrav-Systemen zu den Fabriken des Hüttenwerks gebracht zu werden, wo es in den Schmelzöfen landete.

Die Meldungen der anderen waren ebenfalls positiv.

»Dann nichts wie los!«

Almods Finger tippten in rascher Folge einige Sensortasten; die Erzabbauanlage setzte sich mit urweltlichem Getöse in Bewegung, auf die steil aufragende Wand zu, die sich vor ihr auftürmte.

Die modifizierten Preßfeldprojektoren zersägten unter infernalischem Geräusch das Gestein in großen Brocken, die die terkonitbewehrten Schaufelräder in den zentralen Trichter der Schredderanlage beförderten, wo sie noch einmal zerkleinert und dann in die nachgeschalteten Container geblasen wurden. Dies alles geschah vollautomatisch.

Stunde um Stunde arbeitete sich die Erzabbauanlage durch die Landschaft; syntrongesteuert hatte sie eine Tagesleistung bis über 50 000 Kubikmeter. Inmitten einer immensen Staubwolke fraß sie sich durch den Fels. Nur hin und wieder wurde Almods Entscheidung verlangt, wenn sich die Sensoren der Förderanlage vor ein Problem gestellt sahen, die das spezialisierte Grundprogramm nicht in den Speichern hatte.

Nach dieser Schicht hatten er und die Crew zwei Tage frei. zweimal vierundzwanzig Stunden, ehe es wieder zurück in die Tretmühle ging.

Sie erreichten die Minen-Niederlassung noch vor dem Ausbruch eines gewaltigen Sandsturms. Gerade rechtzeitig, um der automatisch sich verriegelnden Sicherheitsschleuse des abgeschotteten Hangars eine Nase zu drehen. Eine Wirbelschleppe aus Sand und Staub nach sich ziehend, fegte der Carrier auf seinem Antigravfeld durch den stählernen Bogen, hinter dem sich die relative Geborgenheit des Hangars auftat.

Almod bleckte mit einem wölfischen Grinsen die Zähne, als er durch die Kanzelverglasung sah, wie das Hangarpersonal auseinanderspritzte und sie vor dem hereindonnernden Carrier in Sicherheit brachte, dann erst bremste er mit voll aktivierter Notverzögerung bis fast zum Stillstand; das Kreischen der überbeanspruchten Absorber erfüllte die weite Halle. Das Manöver preßte die Männer in ihren Sicherheitsgurten nach vorne. Almod zog die Bugsektion des Ellipsoids hoch, vollführte eine Drehung von hundertachtzig Grad und setzte das Shuttle in der Mitte eines der gelbschwarz umrandeten Landefelder ab. Währenddessen schlossen sich dröhnend die schweren Metalltore des Hangars und sperrten die Hölle von Agama IV aus, liefen flirrend ganze Batterien von Ventilatoren an, die den Innenraum von Staub und Sand reinigten.

Er deaktivierte die Aggregate und hieb auf die Taste, die das Schott öffnete; er ächzte und knirschte und schob sich nur widerwillig auf.

»Myce ... Janifer, Yabor, Tschor, Ryan! Los! Raus mit euch! Wird Zeit, daß ihr verschwindet, Männer. In zwei Tagen sehen wir uns wieder.«

Eine halbe Minute später verschwand der ganze Haufen lärmend in einem der Frachtlifte, die hinunter zur Freizeitebene führten. Und plötzlich, mit einer schmerzhaften Schärfe, spürte Almod die Erschöpfung, die jede seiner Empfindungen wie unter einem schweren Tuch erstickte.

Almod lehnte sich in den Sitz zurück, schloß die Augen, die vor Anspannung und Konzentration brannten, und massierte sie mit Daumen und Zeigefinger. Normalerweise reichten die Trägheitsabsorber in den schweren Gleitern aus, um bis zu einer gewissen Grenze sämtliche Belastungen zu schlucken, so daß abrupte Beschleunigungen oder plötzliche Notstops ohne Folgen für die Insassen blieben. Doch in dieser Antiquität von Zubringer war kein Platz für aufwendige Absorbersysteme. Ihn zu fliegen bedeutete harte Arbeit, für Geist und Psyche. Eine Arbeit, die ihm mangels Routine immer schwerer zu fallen schien. Früher einmal, ja, da hatte sein ganzer Lebensinhalt darin bestanden, Raumschiffe zu fliegen ... *Früher? Wann früher? Und Raumschiffe?*

Er konnte sich nicht erinnern, so sehr er sich auch anstrengte. Ein Teil von ihm sagte, daß es nicht wichtig war. Ein anderer Teil wiederum wußte, daß es von eminenter Bedeutung wäre, sich zu erinnern. Kurz spürte er den Anflug von Panik; ein Mann ohne Erinnerungen war tot ... *Wo hatte er das mal gelesen? Oder hatte es jemand gesagt? Zu wem? Und wann?*

Almod schüttelte verwirrt den Kopf ... dann stieß irgend etwas in ihm all diese Gedanken tief in sein Unterbewußtsein zurück und lenkte seine Aufmerksamkeit auf die Gegenwart, auf das Jetzt und Heute: Jemand steckte den Kopf durch das Schott.

»Tolle Schau, die du da abgezogen hast, Freundchen.«

Almod drehte sich mitsamt dem Kontursitz herum

und schaute auf den Hauri, der, wie er wußte, für den reibungslosen Ablauf im Hangar zuständig war, wenn ihm auch sein Name nicht einfallen wollte. *Strandgut,* dachte er plötzlich mit erschreckender Klarheit, ohne zu merken, daß er sich dabei ausschloß. *Strandgut, wie fast alle Minenarbeiter auf Agama Vier. Galaktisches Treibgut aus den Hinterhöfen vieler Welten. Die nächste größere Welle wird es an die Küste eines anderen Planetensystems spülen ...*

»Jederzeit wieder – Freundchen«, gab Almod auf Hangoll zurück.

Der Miene des Hauris war nicht zu entnehmen, was er über Almods Kenntnisse der Verkehrssprache der Galaxis Hangay dachte. Lediglich die Reihe der senkrechten Falten unterhalb der Nase des über zwei Meter großen und extrem dürren Humanoiden kräuselte sich für Sekundenbruchteile, während es in den tiefliegenden Augen grün funkelnd aufblitzte.

»Man will dich sehen.« Er blieb beim Interkosmo.

Almod hob die Schultern. »Wer ist ›man‹?«

»Breseadh.«

»Pfeif drauf. Ich fühle mich wie durch die Schredderanlage gedreht. Erst muß ich duschen und mich ausruhen. Der Medizinmann kann mich ... kann warten.«

»Das glaube ich nicht.«

Almod starrte ihn an. Über seiner Nasenwurzel bildete sich eine tiefe ärgerliche Falte; er war müde, erschöpft – und kurz vor dem Explodieren.

Der Hauri hob die dürren Schultern. »Sieh mich nicht so an, Mann, ich weiß nur, daß du zur Untersuchung antanzen sollst. Man hat mir aufgetragen ›auf dem schnellsten Weg‹«.

»Was ist, wenn ich ... oh, Mist!«

Almod verstummte abrupt. Hinter dem Hauri schob sich die wuchtige Gestalt eines Konzern-Wachhundes ins Blickfeld. Dann trat aus dem toten Winkel neben dem Shuttle ein zweiter Roboter hinzu. Funkelnd brach sich die Hangarbeleuchtung an den Ecken und Kanten der tiefschwarzen Karbon-Terkonitpanzerungen der mechanischen Wächter. Es handelte sich um modifizierte Arbeitsroboter der Raumfire-2000-Versionen; für den Einsatz bei extremen Umweltbedingungen ebenso geeignet wie zum Objektschutz großer Industriesysteme oder zur Niederschlagung von Aufständen. Obwohl von humanoider Konstruktion, wirkten die zwei Meter hohen und fast ebenso breiten Maschinen monströs und furchteinflößend. Die Sehschlitze in den Visierplatten glühten; die Abstrahlmündungen der aufgesetzten schweren Impulsstrahler über den Schultergelenken wiesen mit aktivierten Scannern in Almods Richtung. Er spürte, wie sich sein Magen vor dieser Präsenz geballter Macht zu einem harten Knoten zusammenzog.

Er hob die Arme, Handflächen nach außen. »He, he, Leute«, sagte er mit flacher Stimme. »Bleibt friedlich! Wißt ihr nicht, ich bin's, euer freundlicher Maschinenführer! Ich arbeite hier. Schon vergessen?«

Der Anflug eines Lächelns erschien auf den schmalen Lippen des Hauri.

»Es hieß ›auf dem schnellsten Weg‹. Und das –«, er machte eine vage Handbewegung nach hinten, »schien mir der schnellste zu sein. Können wir *jetzt* gehen?«

»Wenn man derart nett um etwas gebeten wird, kann man eigentlich nicht nein sagen.« Almod sprang auf den Hangarboden. »Gehen wir!«

Mit den beiden Robotern im Rücken ging er neben dem Hauri auf die breiten Tore zu, von denen aus man über Frachtlifte die einzelnen Ebenen des weitläufigen Komplexes erreichte, das die Erzaufbereitungsanlage der Gesellschaft darstellte. Almod fühlte sich unbehaglich – ja, das war der richtige Ausdruck: Unbehaglich.

Aber im gleichen Maße, wie er diesem Gefühl nachgeben wollte, verschwand es wieder aus seinem Bewußtsein. Schließlich war er überzeugt davon, daß überhaupt kein Grund zur Besorgnis vorlag. Niemand war mehr um sein Wohl bemüht als die Holding.

Als sie sieben Ebenen tiefer den Lift verließen, waren sie plötzlich umgeben von Hitze und jenem Mief, der in jeder Minenstadt gleich war: ein stechender Gestank von Erzschmelze, von Monoxiden und verdampfter Kühlflüssigkeit sowie dem Elektrosmog riesiger Induktionsöfen, den kein noch so effizientes Ventilationssystem je beseitigen konnte. Sie befanden sich in unmittelbarer Nachbarschaft der Verhüttungsanlage.

Besser wurde es erst, als sie sich nach Norden wandten, hinein in den gewachsenen Felsen, und den Trakt der medizinischen Abteilung betraten. Hinter den doppelt isolierten und gesicherten Glassitwänden des Eingangsbereiches war kaum etwas von dem allgegenwärtigen Lärm zu hören, lediglich die allgegenwärtigen Vibrationen der großen Maschinen- und Schmelzhallen waren noch zu spüren.

Sie gingen durch den Laborbereich, wandten sich nach links und erreichten eine weitere Sicherheitsschleuse. Der Hauri hielt die beiden Roboter zurück und sagte. »Hier ist mein Auftrag zu Ende. Geh hinein.«

Almod spürte fast körperlich die auf ihn gerichteten Sensoren in den Wänden, die jede einzelne seiner Bewegungen überwachten und aufzeichneten. Aber es störte ihn nicht sonderlich. Stoisch wartete er, bis ihn die Scannerabtastung als unbedenklich identifiziert hatte. Schließlich glitt die Schleuse zur Seite und gab den Weg frei. Dahinter lag der medizinische Flügel der Minen-Niederlassung, lagen Behandlungs- und Warteräume. Schemenhaft konnte er links und rechts hinter halbtransparenten Trennwänden geschäftiges Treiben erkennen. Er beeilte sich, die Tür am Ende des Korridors zu erreichen, hielt die Hand über den Türöffner, und als das Paneel zur Seite glitt, trat er in den Raum. Nichts darin war ihm fremd, weder die Türen, die von diesem Raum in weitere Räume führten, noch der Ara, der ihn erwartete. Trotzdem: Es lag wohl etwas an der aseptischen, zirkulierenden Atmosphäre des Untersuchungslabors, die in Almod ein nicht näher zu beschreibendes Gefühl entstehen ließ.

Er vergrub die Hände in den Taschen seiner Montur und blickte auf den Mediziner vom Planeten Aralon, der regungslos hinter seinem Arbeitstisch saß und jetzt von dem Computerterminal aufsah.

»Da bist du ja!« sagte Nhivel Breseadh anstelle einer Begrüßung.

»War es nötig, mich von den mechanischen Wachhunden abholen zu lassen?«

»Du hast eine schlechte Einstellung, Almod!« Farblose Pupillen, in denen alles Leben erloschen schien, musterten den Mann.

»Wozu?«

»Zu den ärztlichen Untersuchungen. Du kannst sie nicht immer nach eigenem Gutdünken hinausschieben oder gar ausfallen lassen. Du weißt selbst, daß diese regelmäßige Überprüfung nur zu deinem Besten ist.«

Almod deutete ein Grinsen an. »Na klar! Gleich krieg ich mich vor Rührung nicht mehr ein.«

Der Ara nickte. In den toten Augen begannen winzige silberne Punkte zu schimmern. »Ich bin zwar auf Mikrochirurgie spezialisiert, aber jeder, der jemals ein Basissemester in Psychologie absolviert hat, kann erkennen, daß du dir früher oder später gewaltig selbst im Wege stehen wirst. Aber lassen wir das jetzt. Je früher wir anfangen, um so eher hast du es hinter dir.«

Er drückte eine Taste – und der Medodoc löste sich

von seiner Halteschiene an der Decke und schwebte auf seinem Antigravkissen herab, dabei sein Exoskelett entfaltend wie eine monströse Gottesanbeterin. Er drehte sich summend einmal um seine eigene Achse und setzte genau in der Raummitte auf.

Panik ...

Wie ein Faustschlag überfiel sie Almod. Der Anblick des Medorobots weckte in ihm den flüchtigen Abglanz kalten Grauens vor einem spinnenbeinigen Ungeheuer. Der Raum begann vor seinen Augen zu verschwimmen, sich zu verändern. Seine Wahrnehmungen überlagerten sich, als hätte sein Gehirn die Fähigkeit verloren, die visuellen Reize zu koordinieren, die es von den Augen erhielt.

Almod blinzelte. Er kniff die Augenlider zu und machte sie dann langsam wieder auf ... Nein, da war kein surreal anmutendes Ungeheuer, sondern nur ein bequem aussehender gepolsterter Gliedersessel mit seinen vielgelenkigen Robotarmen und Sonden sowie den in Bereitschaft blinkenden Computeranzeigen komplizierter medizinischer Geräte am Kopfende.

Der Ara räusperte sich; es klang wie das Rascheln trockener Halme. »Können wir?«

Almod holte tief Luft. »In Ordnung«, sagte er. »Wir können.«

Er nahm in dem Gliedersessel Platz, der sich augenblicklich veränderte: Einzelne Segmente hoben und streckten sich und paßten sich der humanoiden Gestalt an. Schließlich zog er sich etwas mehr auseinander, wobei er in der Mitte leicht einknickte. Mikrosensoren ermittelten Körpergewicht und Hautfeuchtigkeit und veränderten Form sowie Temperatur der Polster, bis sie eng anlagen – und erst dann baute sich das Stasisfeld auf, das Almod unverrückbar an den Stuhl fesselte. Ein Insekt schien sich an seinem Nacken zu schaffen zu machen – und noch während die haarfeine Sonde das Betäubungsmittel in seinen Körper pumpte, sah er trotz seines in die Dunkelheit hinabkreiselnden Bewußtseins das erschreckend müde Lächeln des Ara. Es war ein derart ungewohnt menschlicher Zug, daß er fast schon wieder unglaubwürdig erschien.

Und mit dem letzten Quentchen seines schwindenden Bewußtseins wunderte sich Almod darüber.

Breseadh gab den Einlaßsensoren Zeit, den General-Code seiner IdentChip-Karte zu scannen. Dann glitt die Tür zum Besprechungsraum mit einem leichten Seufzen in die Wand.

Der Ara holte tief Luft und trat ein.

Sianas erwartete ihn bereits in dem nach blueschen Gesichtspunkten geschmackvoll eingerichteten, weitläufigen Raum; die beiden Katzenaugen auf der Vorderseite seines flachen Schädels schimmerten kalt. Kein gutes Zeichen.

»Setz dich«, sagte der Blue

Der Mediziner vom Planeten Aralon nahm Platz.

»Es nimmt langsam überhand, mein Freund.« Sianas behielt das hintere Augenpaar geschlossen, während er zu dem Ara sprach. »Wir fragen uns, ob da Methode dahintersteckt oder ob du einfach zu senil wirst, deine Arbeit richtig zu machen. Beides wäre nicht zu akzeptieren.«

»Ich bin nicht sicher, ob ich verstanden habe.«

Es gelang Breseadh, erstaunt und verwirrt zu wirken, obwohl er genau wußte, worauf der Blue aus dem 80 000 Lichtjahre entfernten Simban-Sektor anspielte. Doch Nhivel Breseadh liebte es, andere zu provozieren. Außerdem – er würde es dem Blue nicht leicht machen.

»Du verstehst sehr gut.«

Nun setzte sich auch Sianas. So salbungsvoll wie es

ihm als Blue möglich war, faltete er die siebenfingrigen Hände, öffnete sie aber sofort wieder.

»Wir sind beunruhigt über die Zahl der Minenarbeiter, die verschwinden«, fuhr er mit falscher Besorgnis fort. »Viele greifen wir auf, als geistige Wracks, ausgebrannt, sterbend. Eine nicht geringe Zahl ist überhaupt nicht mehr aufzufinden. Das Direktorium macht sich langsam Sorgen.«

Vorsicht! In dem Ara schrillte eine Alarmglocke. *Er versucht, dir die Ausfälle der letzten Zeit anzulasten. Offensichtlich läuft eine Aufzeichnung mit.* Die Andeutung eines Lächeln erschien in seinen Mundwinkeln.

»Kein Grund zu Beunruhigung – was meine Arbeit betrifft. Die Mikrochirurgie ist eine Wissenschaft, die längst ausgereift ist. Es gibt keine Fehler. Vergiß nicht, daß ich die Implantate nur einsetze; für deren Zuverlässigkeit bin ich nicht verantwortlich. Aber als Alternative könnte ich eine andere Behandlungsart vorschlagen. Eine hundert Prozent sichere Methode; sie würde uns eine Chance geben, diesen, äh, Ausflügen ein Ende zu machen.«

»Ach ja! Welche Methode wäre das?«

»Ein recht einfaches Verfahren: ein einziger, winziger Schnitt mit einem chirurgischen Laser, der einen ganz bestimmten Abschnitt im Zerebralkomplex eleminiert ...«

»Seniler Quacksalber von einer dekadenten Welt!« explodierte der Blue. »Du redest davon, jemandem das Gehirn herauszubrennen. Dies hier ist eine Minenwelt, nicht der Hochsicherheitstrakt eines Dämmerheims für alternde Raumfahrer. Etwas mehr Ernst wäre schon angebracht.«

»Im Ernst«, das Lächeln des Ara wurde sardonisch, »das Direktorium sollte sich lieber Sorgen darüber machen, was geschieht, falls herauskommt, was hier abläuft. Seit die Ära der Dunklen Jahrhunderte vorbei ist, reagiert man nicht nur auf Terra äußerst allergisch auf bio-syntronische Unterdrückung des freien Willens. Selbst wenn es sich dabei nur um die Beeinflussung jener Cortexbereiche handelt, die die Erinnerungsfähigkeit und ein paar andere Dinge steuern. Allerdings«, und nun tat der Ara so, als ob ihn fröstelte, »weiß das Direktorium nichts von den psychopathischen Veranlagungen einer ihrer Angestellten, der mit der Zerstörung eines Prospektorenschiffes und dem dabei bewußt in Kauf genommenen Tod der Besatzung glaubt, die Interessen der Gesellschaft schützen zu müssen.«

Das Schweigen dauerte lang. Schließlich fragte der Blue, und in seiner Stimme schwang erbarmungslose Kälte mit: »Du hast wohl vergessen, daß du mit drinhängst?«

»Keineswegs«, erwiderte der Ara. »Das ist übrigens auch der einzige Grund, weshalb das Direktorium mit meiner Loyalität rechnen kann. Darf ich jetzt gehen?«

Der Blue entließ ihn mit einer knappen Handbewegung.

Er hatte den Blue belogen. Von Loyalität gegenüber dem Direktorium konnte keine Rede mehr sein. Er, Nhivel Breseadh, ein Ara, der sich schon vor langer Zeit für ein Leben außerhalb der gültigen Normen eines Medikers entschieden hatte und dafür mit mehr als nur dem Verlust seines Seelenfriedens bezahlte –, er hatte den Stein ins Rollen gebracht, der seit langem am Rande des Abgrundes darauf wartete, über die Kante gekippt zu werden; dieser Stein würde, und da war er sich ganz sicher, eine Lawine losschlagen, deren Getöse über die Grenzen dieses Systems hinaushallen und Alarm auslösen würde. Das, was er im Gedächtnis des Terraners Almod gefunden hatte – tief versteckt zwar, aber doch nicht tief genug, um nicht von ihm entdeckt zu werden –, war nur der letzte Anstoß für etwas gewesen, was er schon lange in die Wege leiten wollte.

Der Schritt war getan. Vorbei war es mit der trügerischen Sicherheit. Von nun an gerieten die Dinge in Bewegung.

Und während der Ara durch die Korridore zu seinen Räumen ging, hatten jene Wellen, verursacht durch die Vernichtung des Prospektorenschiffes, bereits die Gestade eines viele hundert Lichtjahre entfernten Planeten erreicht und entsprechende Aktivitäten ausgelöst.

Aber davon wußte Agama noch nichts.

6.

Der große Raum mit seinen geschwungenen Wänden war mit technischer Nüchternheit und jener großzügigen Sachlichkeit eingerichtet, die die meisten Anlagen der Hanse kennzeichnete. Hinter der spiegelnden Fläche des Arbeitstisches saß Homer G. Adams; die blaßgrauen Augen unter der hohen Stirn studierten die Texte auf dem holographischen Display vor ihm. Hin und wieder schlugen seine Finger kurze, abgehackte Wirbel.

Immer neue Zeilen bildeten sich auf dem Holo: dekodierte Informationen über die Erzgewinnung und -verteilung auf dem galaktischen Markt. Dabei handelte es sich, wie alles übrigens, was ihn auf diesem Weg erreichte, um bereits mehrfach gefilterte und von einem effizienten Informationspool entsprechend aufbereitete Berichte, zusammengestellt und komprimiert aus einer Flut von relevanten Daten, die ein Konsortium hochrangiger Markt-Analytiker erarbeitete und ständig aktualisierte, das bei der Kosmischen Hanse unter Vertrag stand. Einzelne Zeilen oder kurze Einschübe waren in unterschiedlichen Farben hervorgehoben – Anmerkungen von besonderer Präsenz.

»Pleiten ... Wirtschaftskrisen ... politische Instabilität – wohin man auch blickt!« murmelte der Zellaktivatorträger. Er war sich im gleichen Augenblick bewußt, daß er im Dezember 1201, vor fünf Jahren also, auf einer der oberen Aussichtsterrassen des HQ-Hanse genau diese Worte schon einmal jemandem gegenüber verwendet hatte; dieser Jemand war kein geringerer als Perry Rhodan gewesen. Sein photographisches Gedächtnis brachte Homer G. Adams jede Einzelheit dieses langen Gesprächs mit dem Freund in Erinnerung. Wie dieser ihn von seinem Vorhaben zu überzeugen suchte, die Expedition zur Großen Leere finanziell zu unterstützen – und es letztlich auch schaffte, trotz der angespannten wirtschaftlichen Verhältnisse, denen sich die Hanse nach den beiden Hyperraum-Paresen gegenübersah ...

»Wie immer – eigentlich«, knurrte Adams und konzentrierte sich wieder auf den Text; die Syntronik hatte ihn angehalten, als sie erkannte, daß die Aufmerksamkeit des Mannes für einen kurzen Moment nicht ihr galt – jetzt aber lief er wieder an.

Je länger er las, je mehr Diagramme und Tabellen-Kolonnen von der Syntronik auf dem Holo generiert wurden, desto mehr vertieften sich die Falten auf der Stirn des kleinen Mannes mit dem riesigen Schädel.

»Halt!« Der Informationsfluß stoppte erneut. »Eine Zusammenfassung der Abschnitte dreiundzwanzig, einunddreißig und zweiundvierzig. Chronologisch! Mit den entsprechenden Querverweisen.«

Ohne Zeitverzug entfaltete die Syntronik innerhalb des Holos ein neues Dialogfenster und hob es in den Vordergrund.

Homer G. Adams benötigte nur einen Augenblick zur Erfassung der neuen Informationen; sein Gesicht drückte eine gewisse Verwunderung aus. »Erst der Gargantue-Industriekomplex auf Halo Vier ... dann die Handels-Kommissionen von Orphan Delta ... und nun auch noch Drakon Consolidated. Mir scheint, da will uns jemand ganz massiv an den Wagen fahren!« murmelte er mit einer Mischung aus Sorge und Ärger. Das verbale Interpretationsmodul der Syntronik enthielt sich jeglichen Kommentars; es wußte, wann es gefordert war – und wann nicht.

Die Sorge schien berechtigt.

Im gesamten Bereich der Lokalen Gruppe versuchte die Hanse nach dem wirtschaftlichen Kollaps in den beiden Sektoren um Arkon und Terra unter größten Anstrengungen und unter Einsatz eines wahrhaft gigantischen Apparates die Standards zu erhalten oder wieder aufzustellen, die sie seit Jahrhunderten innehatte. Von Beginn ihrer Gründung im Jahre 1 NGZ und ihrer späteren Integration in das Galaktikum im Jahre 430 NGZ hatte sich die Kosmische Hanse rasch und nachhaltig als mächtigste wirtschaftliche Organisation in der Milchstraße etabliert. Neben der Versorgung der im Galaktikum assoziierten Völker mit Grundnahrungsmitteln, der Bereitstellung entsprechender Energieversorgungssysteme und des dazu nötigen Know-hows, war die Erschließung immer neuer Rohstoffquellen ein Hauptanliegen der Hanse.

Die Verwüstungen allerdings, die als Folge der beiden in kürzester Zeit aufeinanderfolgenden Toten Zonen aufgetreten waren, verursachten Schäden in hundertfacher Milliardenhöhe. Schäden, die auch nicht an der Kosmischen Hanse mit ihrer industriellen und technologischen Verflechtung spurlos vorübergingen und ihre finanziellen Reserven fast auf Null reduzierten. Der galaktische Wiederaufbau verschlang Unsummen; ohne die Gewinne, die aus den Erträgen der Erz-Konzerne gezogen werden konnten, welche der Hanse gehörten, würde die Wirtschaftskrise ein paar Jahrzehnte länger andauern und ...

Das Interkom summte unaufdringlich. Adams runzelte die Stirn. »Ja?«

Die Syntronik öffnete ein winziges Fenster in der unteren rechten Ecke des Holos.

Eine der vielen Assistentinnen seiner persönlichen Beraterin blickte ihn an.

»Homer! Ich darf dich an die in zwanzig Minuten beginnende Sitzung mit dem Aufsichtsrat des Cryonis-Kombinats erinnern. Vierzehn Uhr dreißig, kleiner Sitzungssaal ...«

»... Nordostflügel, zweiundzwanzigste Ebene. Ich weiß, ich weiß«, unterbrach Homer sie.

Ein auf die Größe vier mal fünf Zentimeter reduziertes Holo zeigte nicht viel Einzelheiten, trotzdem ließ sich der Gesichtsausdruck der jungen Frau mühelos lesen. Die nahezu bedingungslose Bewunderung des jungen Geschöpfes für seine Person war unübersehbar und rührte ihn auf eine gewisse Weise. Er betrachtete sie einen Moment lang. Schließlich sagte er mit einem kurzen Lächeln, »Ich danke dir ... eh ... Lyra?«

Sie wurde rot, fing sich aber schnell wieder, nickte rasch und nachhaltig und blendete sich aus.

Homer G. Adams murmelte sarkastisch: »Jeden Tag eine gute Tat – war das nicht mal das Motto uneigennütziger, selbstloser junger Männer?« Dann wurde er schlagartig wieder ernst. »Syntron! Eine Verbindung mit Satish Koomar!«

Er lehnte sich zurück und vertiefte sich erneut in den Text, diesmal mit eindeutiger Unmutsfalte auf der Stirn. Man konnte es drehen und wenden, wie man wollte: Dieses Exzerpt bedeutete in seiner Quintessenz nicht mehr und nicht weniger, als daß die Hanse drei Industriekomplexe, die jeweils ganze Sternensysteme repräsentierten, als potentielle Käufer von Erz aus den kontoreigenen Minen abschreiben konnte. Offensichtlich hatten sie einen anderen Lieferanten gefunden. Nur – wer steckte dahinter?

Die akzentuiert modulierte Stimme der Syntronik meldete sich aus einem Akustikfeld. »Homer, deine Verbindung mit Olymp.«

Auf der anderen Seite des Arbeitstisches baute sich

ein holografisches Feld auf, in dem ein Mann bis zur Hüfte in Lebensgröße zu sehen war. Es schien, als säße er dem Chef der Kosmischen Hanse direkt gegenüber; die Hyperfunk-Relaiskette arbeitete gut.

»Ich habe hier einen Bericht der Isidor-Gruppe«, begann Adams nach der knappen Begrüßung, »über ein paar ungewöhnliche Bewegungen auf den Rohstoffmärkten, die sicher auch dir bekannt sein dürften, oder?«

Satish Koomar nickte. Nach außen hin galt er als galaxisweit bekannter Broker-Tycoon mit einem unwahrscheinlichen Gespür für lukrative Geschäfte; nicht wenige der großen Erz-Kombinate im Galaktikum wickelten ihre Geschäfte über seine Büros ab, die auf fast allen hochindustrialisierten Planeten zu finden waren. Seine Verbindungen waren weitverzweigt und – so munkelte man hinter vorgehaltener Hand – nicht immer astrein. Doch niemand, bis auf ein paar Eingeweihte, wußte, daß er mit der LFT partizipierte und Kontakte zur Kosmischen Hanse unterhielt.

Adams räusperte sich. »Diese ... hm ... Bewegungen kosteten der Hanse im letzten Finanzhalbjahr drei wichtige Abnehmer ihrer Rohstoffe.«

»Auch das ist mir bekannt.«

»Was geht da vor, Satish?«

Koomar zögerte nicht mit der Antwort. »Jemand versucht sich mit Dumpingpreisen in den Markt zu drängen.«

»Wie stehen die Chancen, daß dieser ... dieser Versuch erfolgreich sein wird?«

»Sagen wir, die Chancen stehen nicht schlecht.«

Adams beugte sich etwas vor. Er musterte mit einem langen Blick seinen Gegenüber im Holo. »Satish, was erzählt man sich hinter vorgehaltener Hand?«

Satish zögerte wiederum keine Sekunde.

»Man ist heute weniger als früher bereit, sich von einem Monopolunternehmen, wie es die Hanse nun einmal darstellt ...« er hob abwehrend die Hand, als Homer G. Adams, nur unwesentlich aus dem Gleichgewicht gebracht, zu einer Erwiderung ansetzte, »... die Preise diktieren zu lassen. Zugegeben. Der Kosmischen Hanse – und selbstverständlich dir, Homer – kommt es einzig und allein darauf an, aus allen Transaktionen wissenschaftlichen und wirtschaftlichen Nutzen zu ziehen ...«

»Zum Wohle der galaktischen Völker und der Erforschung des Kosmos«, unterbrach ihn Adams. »Vergiß dies bei deiner Kritik nicht!«

»Ich bitte dich, Homer,« wehrte sich Satish Koomar, bar jeder Ironie, »mir brauchst du die Ziele der Kosmischen Hanse doch nicht zu erklären! Ich kenne wie du die ökonomische Situation in der Milchstraße. Es ist aber logisch, daß die Hanse, wie gut und richtig sie in der Konzeption auch sein mag, schon allein auf Grund ihrer Größe Fehler begeht und auch immer begehen wird, und daß es dabei nicht ohne ein paar monopolistische Sachzwänge geht. Aber zurück zu deiner ursprünglichen Frage: Deine Politik der – nun ja, laß es mich so formulieren – restriktiven Verteilung speziell auf dem Rohstoffsektor beginnt Auswirkungen zu zeigen. Negative, Homer. Leider. Du wolltest Ehrlichkeit, ich bin ehrlich. Ich weiß natürlich um die Schwierigkeiten der Kosmischen Hanse bei der Wiedererlangung der wirtschaftlichen Stabilität. Ich weiß aber auch, daß die Versuche, gerade jetzt der Hanse mit der Bildung von Gegenmonopolen und Kartellen das Leben schwer zu machen, aus der Sicht nicht weniger Planetenregierungen ein legitimes Unterfangen darstellt. Jeder, der deshalb mit einem billigeren Angebot kommt, wird momentan mit offenen Armen aufgenommen. Kurzum:

Mehr und mehr der verarbeitenden Großindustrien im Bereich der Antriebsfertigung und des Schiffsbaus lassen sich mittlerweile nur noch von einem Minen-Konzern beliefern, dem Triton-Kombinat.«

»Wer kontrolliert deren Aufsichtsrat? – Komm schon, Satish«, sagte Adams leicht aggressiv, als der Broker mit der Antwort zögerte. »Triton-Kombinat ... damit kann ich im Augenblick nichts anfangen. Auch mein Wissen hat Grenzen. Wer steht an der Spitze? Namen?«

Koomar verzog unmerklich das Gesicht. »Scalian-Enterprises. Die Transaktion wurde schon vor Jahrzehnten getätigt, aber geschickt hinter einem Wust von Scheinfirmen verschleiert. Es gelang damals Scalian-Enterprises mit Hilfe versierter Beauftragter und einiger Anteilsmanipulationen, die manchmal jenseits der Legalität verliefen, die Majorität in einer Reihe von Industrieunternehmen in ihren Besitz zu bekommen, darunter auch das Triton-Kombinat.«

Homer G. Adams schloß für einen Moment die Augen. Die Gesetze von Kapital und Macht galten noch immer, auch im zwölften Jahrhundert NGZ. Wo immer sich ein wirtschaftliches Macht-Imperium konzentrierte, konnte es jedem anderen Konkurrenzunternehmen schweren Schaden zufügen; das traf auch für die großen interstellaren Industrieunternehmungen der Hanse zu, wenngleich nicht in dem Maße, in dem es ein weniger finanzkräftiges Unternehmen beuteln würde. Aus dem Verhalten seines Gegenübers konnte er zweifelsfrei schließen, daß einige dieser wenig legalen Transaktionen über seine Büros gelaufen sein mußten. Dagegen einschreiten konnte man kaum, ohne die Verbindung zwischen Satish Koomar und der Hanse publik zu machen. Das Geschrei über diese Beziehung würde durch die ganze Galaxis hallen; die großen Finanziers der Lokalen Gruppe begegneten dem wirtschaftlichen Imperium der Hanse mit dem größten Mißtrauen.

Der Zellaktivatorträger hob die Hand. »Danke, Satish«, sagte er aufrichtig, »daß du mir etwas von deiner kostbaren Zeit geopfert hast, für die Informationen – und für die Offenheit. Ich werde mich bei entsprechender Gelegenheit revanchieren.«

»Keine Ursache. Wir sehen uns!«

»Wir sehen uns, Satish«, sagte Adams, trennte die Verbindung und überlegte kurz.

Der Verlust der drei Industriekomplexe war natürlich kein Anlaß, in Panik zu geraten. Das nicht. Aber aus Kleinigkeiten wie diesen konnten sich, behielt man sie nicht im Auge, Krisen mit weitreichenden Folgen entwickeln. Mehr als einmal hatte das die Kosmische Hanse seit ihrer Gründung schmerzhaft erfahren müssen.

»Scalian ... Scalian-Enterprises und Triton – sollte mir eigentlich etwas sagen!« murmelte Adams, dann drückte er kurzentschlossen eine Taste seines Tischinterkoms, der ihn mit jedem möglichen Anschluß innerhalb des HQ verband. Auf dem Monitor erschien der Kopf eines Mannes, der konzentriert etwas zu studieren schien.

»Büro der Stellaren Handelsgesellschaft«, sagte er ohne aufzusehen in geschäftsmäßigem Ton, »Roul Hamil, Direktor. Was kann ich ...«, er hob den Blick, sah in die Aufnahmeoptik des Gegengerätes – und registrierte erst jetzt, wer ihn da zu sprechen wünschte. »Hallo, Homer. Kann ich etwas für dich tun?«

»Du scheinst beschäftigt. Störe ich?«

»Nicht, wenn du mir sagst, worum es geht.«

»Stichwort Scalian-Enterprises! Kannst du mir etwas darüber sagen?«

Roul Hamil, einer von Adams Stellvertretern, zeigte sich höflicherweise angemessen überrascht, kam aber sofort zur Sache.

Der Name Scalian stand demnach für eine ehemals terranische Industriellen-Dynastie, wie Homer H. Adams erfuhr, die ihre Ursprünge bis auf das Jahr 2113 A. D. zurückführte. Theodore Ernesto Scalian, der Gründer der Scalian-Enterprises, verdiente einen Großteil seiner Milliarden mit Schiffswerften, als die erste große Expansionsphase die Menschheit des Solaren Imperiums zu Beginn des 22. Jahrhunderts weit hinaus in die Galaxis trieb und der Bedarf an Fracht- und Passagierraum der Nachfrage nicht mehr gerecht wurde. Später hatte das Familienunternehmen seine Besitztitel auf der Erde bis auf ein paar Dependancen aufgegeben, war in Richtung des Halo gezogen und auf dem sechsten Planeten der Sonne Troudman Prime zur bestimmenden wirtschaftlichen Macht – manche benachbarten Planetenregierungen sprachen sogar von totalitärer Beherrschung – im gesamten Raumsektor aufgestiegen, eine Macht, die sich hauptsächlich auf eine florierende Schwerindustrie sowie schier unerschöpfliche Erzminen gründete. Heute stand an der Spitze von Scalian-Enterprises Allard Scalian, in direkter Erbfolge von Theodore E. Scalian abstammend und Alleinerbe; über seine weitverzweigte Holding kontrollierte er vierhundert Milliarden Galax per anno und verdiente 22 Prozent des Umsatzes.

»Besteht der Firmensitz noch auf Troudman Sechs?« wollte Homer G. wissen, als Hamil geendet hatte.

»Sicher. Warum fragst du?«

Adams zuckte unbestimmt mit den Achseln. »Gegenfrage: Du kennst die Studie der Isidor-Gruppe?«

»Was für mich relevant ist, ja.«

»Also das ganze Paket«, stellte Adams trocken fest.

Die zerfransten, eisgrauen Brauen über den malachitfarbenen Augen sträubten sich noch mehr, während Roul Hamil flüchtig grinste.

»Aus verläßlicher Quelle weiß ich«, fuhr Adams halblaut fort, »daß es das Triton-Kombinat war, das uns die drei Industriekomplexe als Kunden abspenstig machte. Der Aufsichtsrat wird von Scalian kontrolliert.«

»Aha ... originell.«

Adams beugte sich vor. »Ist das alles, was du dazu zu sagen hast? Du scheinst etwas abwesend zu sein. Oder irre ich?«

»Die Verbindung Scalian und Triton-Kombinat ist zwar neu für mich«, gestand Hamil und begegnete dem Blick von Adams blaßgrauen Augen ohne Zögern. »Aber es ist nicht das, was mich beschäftigt – im Augenblick habe ich andere Sorgen.«

»Ja?«

»Ich hatte vor ein paar Handvoll Stunden eine Hyperfunkverbindung mit dem Leiter von Kontor Goto,« begann Hamil und unterrichtete Homer Gershwin Adams knapp von den Vorfällen in einem System am Rande der Milchstraße. Er schloß mit den Worten: »Das Schiff, das verantwortlich war für den Tod der Hanse-Spezialisten, soll ein Dreiecks-Symbol auf seiner Hülle haben. Ein Logo, das ich bislang nicht einordnen kann.«

»Was wirst du unternehmen?«

Roul Hamil unterrichtete ihn von seinem Vorhaben und sagte abschließend: »Ich war der Ansicht, daß jemand dem Leiter von Kontor Goto zu Hilfe kommen sollte. Nicht, daß sich dieser Kyle gescheut hätte, auf eigene Faust der Sache nachzugehen. Aber Einmann-Expeditionen haben so ihre Eigenarten, ganz abgesehen davon, daß eine Minen-Niederlassung kaum über das nötige Equipment verfügt, solche Unternehmungen durchzuziehen. Die LAPLACE befand sich lediglich zweihundert Lichtjahre von Goto entfernt und hatte ihre wissenschaftliche Mission beendet. Sie schien mir deshalb der angemessene Beitrag zu sein, Kyle zu unterstützen.«

Homer G. kniff die Augen zusammen. »Die LAPLACE unter dem Kommando des Ertrusers Nik Lajew ... du hast dir den Einsatz absegnen lassen?«

»Natürlich – die Erste Terranerin war entgegen ihrer Gewohnheit sogar ungewöhnlich kooperativ, wenn ich's recht bedenke. Primär geht es ja um unsere Belange. Oder wie siehst du das?«

»Meine Ansichten zu solchen Vorkommnissen kennst du, Roul.« Er schwieg einen Moment. Dann: »Ich werde mal ein paar Leute losschicken, die die Gegend um Troudman sechs in Augenschein nehmen. Vielleicht ergibt sich etwas Interessantes.«

»Unwahrscheinlich. Scalian ist zu klug, um Aktivitäten vor seiner Haustür zu dulden.«

»Hmm. Und worauf, meinst du, sollten wir dann unsere Aufmerksamkeit lenken?«

»Triton ist eine lose Allianz von Erzhändlern aus einer Region mit sieben Sonnen des G-Typs und einem Helium-Riesen, etwa vierzigtausend Lichtjahre von der Erde entfernt. Der Helium-Riese besitzt drei Planeten von der Größe des solaren Saturn. Und wie beim Saturn zeigen alle drei extrem ausgeprägte Ringsysteme aus Asteroiden und winzigen Monden, deren Erzvorkommen von den Händlern rigoros ausgebeutet werden. Da sie lange Zeit untereinander uneins waren, war ihre Effektivität auf den galaktischen Märkten beschränkt. Erst als sie sich zum Kombinat zusammenschlossen, wurden sie in der Milchstraße präsent. Wäre nicht verkehrt, dort mal ein bißchen zu kundschaften.«

Adams lehnte sich zurück und legte die Fingerspitzen aneinander. Dann nickte er zustimmend.

»Ich habe zwar einen Terminkalender, der ins Astronomische geht«, beide Männer grinsten flüchtig über dieses Wortspiel, »aber halte mich auf dem laufenden. Wir sehen uns!«

»Am liebsten würde ich dich begleiten,« sagte der Chef der Sicherheit und eilte mit langen Schritten neben Kyle durch die aufzischende Doppeltür des Hafengebäudes ins Freie.

»Vergiß es«, wehrte Arig Kyle ab. »Als mein Stellvertreter bist du hier unabkömmlich, wie du weißt.«

Mit nur zwei Minuten Verspätung war die angekündigte LAPLACE der LFT im Raum über Goto erschienen und hatte einen geostationären Orbit über der Stadt eingenommen. Da es in Havens Port keine Gegenstation zu den Transmittern des Schiffes gab, manövrierte der Pilot den Fünfhundert-Meter-Kugelraumer durch die Atmosphäre nach unten, um den avisierten Passagier aufnehmen zu lassen; das Schiff lag seit gut dreißig Minuten mit offener Polschleuse in einer Entfernung von zwei Kilometern am Rande des Raumhafens und wartete.

Die beiden Männer stiegen in den leichten Gleiter und fuhren hinüber zum Schiff.

Ein Leichter Holk, sämtliche Decks voll bis unter die Schotten mit Erz aus den Minen-Camps, hob gerade am östlichen Rand des Raumhafens ab. Aus der Entfernung waren Numerierung, Name sowie das Zeichen der Hanse nicht zu sehen, aber Kyle hatte den Fahrplan all seiner Schiffe im Kopf: Die UMMARZ würde sich im Orbit mit der Karracke ZINGST treffen und ihre Ladung in deren Bauch leichtern. Die Antigravtriebwerke brachten den Leichten Holk hoch, dann setzten die Metagrav-Triebwerke ein – und mit einem letzten Aufblitzen im Sonnenlicht verschwand das Hanseschiff aus der Lufthülle Gotos.

Zwei Minuten Fahrt ... dann passierte der Scooter die scharf abgegrenzte Linie des Schattens, den das Schiff warf, und hielt unter der Polschleuse dicht neben der Rampe; die beiden Männer schüttelten sich die Hände und verabschiedeten sich endgültig. Kyle betrat die Rampe und ging nach oben.

Die Schleuse war hell ausgeleuchtet; Kyle kniff für einen Moment die Augen zusammen, bis die Adaption abgeschlossen war. Im schattenlosen Licht erwartete ihn das Schleusenpersonal – und inmitten der Leute stand eine hagere, überwiegend in Schwarz gekleidete Gestalt. Jetzt hob sie die Hand und winkte. »Hier drüben, Arig.«

Der Hanse-Spezialist war ein Mann mit scharfen Zügen und schmalen Augen. Er war nur einen halben Kopf kleiner als Kyle, aber drei Jahre jünger als dieser, was er bei jeder passenden und auch unpassenden Gelegenheit zur Sprache brachte – und er hatte sich seit ihrem letzten Treffen kaum verändert. Noch immer waren die Ränder beider Ohrmuscheln von ausgefallenen Ringen eingefaßt, und durch den kurzen Zopf am Nackenansatz des ansonsten fast kahlgeschorenen Schädels waren womöglich noch mehr glitzernde Ketten geflochten. Trotz seines leicht bizarren Aussehens umgab ihn eine Aura verhaltener Gefährlichkeit.

Ein Lächeln trat auf Arigs Lippen, dann kam er mit langen Schritten zu Yulal herüber. Die Männer begrüßten sich herzlich.

»Hey, säbelbeiniger Raumfahrer!« sagte Kyle lachend und hielt Yulal auf Armeslänge von sich, nachdem das Schulterklopfen geendet hatte. »Freut mich, dich zu sehen. Lang ist's her. Daß wir uns hier treffen, scheint mir mehr als ein Zufall. Gehe ich dabei fehl?«

Pet Yulal winkte ab und faßte Arigs rechten Arm.

»Du gehst fehl, alter Mann«, sagte er grinsend, »denn beschließt man eine Strecke des Wegs gemeinsam zurückzulegen, so ist es schon Jahrhunderte vorher vom Schicksal bestimmt. Ich bin unschuldig an diesem Treffen.«

»Du erlaubst, daß ich dies anzweifle, auch wenn du Konfuzius zitierst?«

»Die Worte stammen von Tseng-kuang«, korrigierte ihn der Hanse-Spezialist ohne nachzudenken.

Sie sahen sich an – und lachten prustend los. Mühelos waren sie in ihre alten Rollen zurückgefallen: Es war ein altes Ritual, noch von ihrer gemeinsamen Zeit in Terrania City her. Kyle zitierte die Quellen bewußt falsch, und Pet befleißigte sich, ihn zu verbessern. Davon wußten die Umstehenden nichts, weshalb sie auch dem Heiterkeitsausbruch der beiden Männer eher verständnislos gegenüberstanden.

Die Springerin, die sich zusammen mit ein paar Schleusentechnikern neben dem Kontrollmodul aufhielt, schüttelte den Kopf. »Diese Terraner sind mir ein ewiges Rätsel«, bekannte sie anklagend dem neben ihr stehenden Oxtorner. »Ich verstehe nicht, wie zwei ausgewachsene Männer sich so albern benehmen können!«

»Nun, nur ein Nashorn kann halt ein Nashorn verstehen«, konterte der Techniker mit unergründlichem Gesichtsausdruck und erntete einen mörderischen Blick dafür.

Doch da waren die beiden Objekte ihrer Diskussion bereits im Antigravlift, der hinauf zur Zentrale führte.

»Wie ist der Kapitän denn so?« fragte Kyle auf dem Weg nach oben.

Sorgfältig die Worte abwägend, erwiderte der Hanse-Spezialist: »Hervorragender Raumschiffer. Sehr tüchtig. Kennt jeden Nebel zwischen hier und der Großen Leere.«

Kyle lächelte knapp. »Das zeichnet ihn aus. Und sonst?«

»Als Kapitän hat er die uneingeschränkte Befehlsgewalt – was das Schiff betrifft. Ansonsten stehe ich in der Hierarchie über ihm«, stellte Pet Yulal ungerührt fest.

»Das klärt zumindest die Fronten.«

Sechzig Sekunden später stand Arig Kyle in der voll besetzten Hauptzentrale dem ertrusischen Kommandanten gegenüber.

»Willkommen an Bord der LAPLACE«, sagte Nik Lajew nach der kurzen, formellen Begrüßung zu Kyle, »wir werden uns bemühen, dir den Aufenthalt so angenehm wie möglich zu gestalten.« Bei dem Wort »wir« machte er eine ausladende Armbewegung, die die ganze Zentrale mitsamt dem anwesenden Personal umfaßte, das, wie Arig wußte, durch die Bank eine technisch-wissenschaftliche Ausbildung höchsten Grades hatte.

»Nur keine Umstände«, wehrte Kyle ab, blickte forschend zu dem Ertruser hoch, der ihn um einen halben Meter überragte, und kam zu dem Schluß, daß dessen Bemerkung ernst gemeint war. »Es genügt völlig, wenn man mir irgendein Eck zuweist, an dem ich mein müdes Haupt zu einem Nickerchen niederlegen kann.«

Der Ertruser strich sich über den Sichelkamm, lächelte dünn. »Mehr kann ich auch nicht anbieten, schließlich ist die LAPLACE keine GALACTIC QUEEN der Kreit-Star-Lines.«

»Wie bedauerlich ... für mich! Trotzdem, könnte mir jemand den Weg zeigen?«

Lajew nickte. »Das dürfte keine Schwierigkeiten bereiten. Ich hoffe, du kommst mit der Umstellung von der planetaren zur Bordzeit klar – im Augenblick haben wir es kurz vor Mitternacht SET. Wir werden in ein paar Stunden die erste Besprechung haben. – Eksdrei!«

Aus den Augenwinkeln sah der Leiter von Kontor Goto, wie sich aus dem Schatten der Brückenrampe die Gestalt eines schlanken Serviceroboters löste, auf dessen blankpolierter Brust ein großes X und die Zahl 3 prangten.

»Geleite den Handelsherrn der Hanse in die für ihn vorgesehene Sui ... ähem, Kabine.«

Das glatte, konturlose Gesicht in dem humanoid geformten Kopf wandte sich Kyle zu, und der Körper nahm eine Haltung ein, die man eindeutig als devot bezeichnen konnte.

»Bitte, Sir. Ihr Gepäck, Sir.«

»Kein Gepäck.«

Ein metallener Finger stach spitz in Richtung des Containers an Kyles Seite.

»Mit Verlaub, Sir. Und was ist das, Sir?«

Während Yulal und ein Teil der Brückenbesatzung zu grinsen begannen, murrte der hochgewachsene Terraner kopfschüttelnd. »Wie kann man als Maschine nur so halsstarrig sein – hier, in Asimovs Namen!«

»Wenn Sie mir nun folgen wollten, Sir. Und, Sir, achten Sie bitte auf die Schwelle ...«

Keine Frage, der unbekannte Programmierer von Roboter X-3 verstand etwas von Umgangsformen – oder das mikroskopische Elektrodennetzwerk des Pykosyns in seinem Schädel hatte irgendeine Fehlfunktion.

Bevor er die Brücke verließ, erreichte ihn noch einmal Pet Yulals Stimme. »Arig! Ruh dich etwas aus. Ich hole dich dann ab.«

Kyle nickte leicht verwirrt.

Zwei Decks über den Unterkünften der Mannschaften bekam er seine Kabine zugewiesen: ein winziges Hygienemodul und ein Allzweckraum von vier mal vier Metern Ausdehnung. Kyle grinste flüchtig, als er von dem Robot allein gelassen wurde.

»LFT-Standard. Sparausführung, Typ Wohntoilette mit Dusche!« Er grinste stärker und räumte den Inhalt seines Reisecontainers in die Fächer des Hygienemoduls. Dann überlegte er kurz, ob er duschen sollte, entschied sich dagegen und statt dessen dafür, die Bequemlichkeit der Formliege auszunutzen. Er zog die Stiefel von den Füßen und streckte sich auf den Polstern aus.

»Syntron«, sagte er. »Verdunkeln. Leises Bachgemurmel.«

Die Arme hinter den Kopf verschränkt, blickte er zur Decke und lauschte entspannt dem Geräusch des fließenden Wassers. Geschickt angeordnete Akustikfelder erweckten den Eindruck, der Bach komme hinter ihm aus der Wand und verschwände am Fußende.

Und fast zwangsläufig setzte eine noch ältere Erinnerung ein.

Knapp zweiunddreißig Jahre zurück ...

Arig Kyle – neunundzwanzigjähriger Sproß einer begüterten Bankerfamilie, deren Unternehmen sich hauptsächlich um die Vermehrung des Hanse-Vermögens sorgten. Die Kyles hatten trotz der Cantaro-Herrschaft ihr Vermögen behalten und mehren können; auf Plophos war eine bedeutende Bank entstanden, mit Tochterfirmen auf Stiftermann III, Olymp und Ferrol. Kyle war noch auf Plophos geboren worden, seine Eltern waren wenige Jahre nach seiner Geburt nach Terra zurückgewandert und hatten ihre Bank verlegt. Er studierte Wirtschaftsrecht sowie Geologie und belegte nebenher Vorlesungen über außerplanetarische Archäologie. Für ihn war klar, sein Wissen und sein Können einmal für die Hanse einzusetzen ...

Pet Yulal – ein sechsundzwanzigjähriger, nach Wissen und Abenteuer hungernder junger Mann. Seine Eltern wa-

ren Wissenschaftler in den Bio-Gen-Labors des Agrar-Ministeriums im Simusense auf Terra großgeworden. Obwohl sie es gerne gesehen hätten, wenn Pet in ihre Fußstapfen getreten wäre, wollte dieser nur zur Flotte; deshalb studierte er Antriebsmechanik und Hyperphysik und war ein As als Pilot auf so ziemlich allen schnellen Raumjachten.

Nach dem Studium trennten sich ihre Wege. Arig Kyle machte seinen Abschluß in Konzernrecht, seinen Doktor in Betriebswirtschaft und Geologie und erwarb in Kosmohistorik einen dritten Doktortitel an der Universität von New Mabuchi. Danach unterwarf er sich der harten Schulung der Stellaren Handelsgesellschaft und wurde schließlich zum Leiter von Kontor Goto bestellt.

Pet Yulal entschied sich nach seinem Doktor in Antriebstechnik für den Schritt ins kosmische Abenteuer an den Brennpunkten der Galaxis. Sein Weg als Hanse-Spezialist war vorgezeichnet. Obwohl sie sich nur noch sehr selten trafen, meist nur voneinander hörten, blieb die lockere Freundschaft bestehen ...

Unmerklich glitt Kyle in einen leichten Schlaf. In seinen flachen Träumen versuchte er vergeblich, einen ausgewachsenen Naargg mit einem Dreizack zu töten, während N'pesh fortwährend durch irgendwelche Strukturlücken verschwand und wieder auftauchte und Eksdrei mit penetranter Hartnäckigkeit darauf bestand, ihm die binäre Version des antiken Studentenliedes *Gaudeamus igitur* vorsingen zu wollen ...

Zu diesem Zeitpunkt hatte der Fünfhundert-Meter-Riese längst vom Raumhafen abgehoben. Die Antigravtriebwerke brachten das Schiff durch die Lufthülle Gotos. In einer Höhe von achtundvierzig Kilometern befand es sich über der Atmosphäre; jetzt beschleunigte es und jagte mit knapper Unterlichtfahrt im flachen Winkel über die Ekliptik in den tiefen Weltraum jenseits der Planetenbahnen. Über die Panoramaschirme der

Zentrale zogen kurz die beiden anderen Planeten der Sonne Thorshaven vorbei: der nebelverhangene Holdur und der mit einem hohen Albedo strahlende Neustur.

In den Maschinendecks war nichts zu hören als das Geräusch der Gravitrafwandler; die Metagrav-Triebwerke arbeiteten mit Höchstwerten, verstärkten das Schwerkraftzentrum in Flugrichtung, bis die Instrumente das Entstehen des Metagrav-Vortex anzeigten und die LAPLACE durch das Pseudo-Black-Hole in den Hyperraum stürzte, auf dem Weg nach Agama.

7.

Im Halbschlaf hörte er den Türservo summen; gähnend richtete sich Kyle auf. »Immer herein!«

Seine Stimme aktivierte den Öffnungsmechanismus der Tür; sie zischte in die Wand. Pet Yulal trat in die Kabine, sein schmales Gesicht mit den vom Drei-Tage-Bart dunklen Wangen wirkte angespannt, obwohl er lächelte.

»Wie fühlst du dich?«

»Zufriedenstellend. Danke.« Dann, mit erwachender Neugier: »Diese Besorgnis um mein Wohlergehen – war das der einzige Grund, mich um meine Ruhepause zu bringen?«

»Natürlich nicht.« Pet machte eine unbestimmte Kopfbewegung.

»Du siehst mich gebührend neugierig. Laß hören.« Kyle stellte die Füße auf den Boden.

»Es findet eine Besprechung statt.«

»Was erwartet mich denn?«

»Die Wissenschaftsabteilung hat sich zusammen mit der Ortung die Daten der SyntroLog-Anlage vorgenommen. Man ist dabei, ein paar tiefschürfende Erkenntnisse preiszugeben. Ich finde, du solltest zugegen sein. Kommst du?«

Sie gingen den zentralen Ringkorridor entlang und betraten gleich darauf den Besprechungsraum direkt neben der Hauptzentrale.

»Meine Herren«, ertönte Nik Lajews tiefe Baßstimme, »hiermit stelle ich euch Arig Kyle vor, den Leiter von Kontor Goto. Er begleitet uns auf dieser Mission. Kyle, dies hier sind ...« Der ertrusische Kommandant machte die Anwesenden der Reihe nach mit Kyle bekannt.

Kyle nahm in einem der halbkreisförmig um den Holokubus angeordneten Gliedersessel Platz und nickte in die Runde.

»Du bist also der Grund, weshalb wir etwas länger im All bleiben dürfen,« sagte ein Mann, den Lajew als Chef-Wissenschaftler bekannt gemacht hatte; der leise Tadel war nicht zu überhören.

Kyle blieb unverbindlich.

»Nicht ganz, ... äh, wie war doch der Name?«

»Riot. Hens Riot.« Eine flüchtige Sekunde lang flackerte Verwirrung in seinen Augen auf. Offensichtlich hatte er Kyle ein bißchen von dem Ärger vermitteln wollen, den er empfand, daß die LAPLACE länger als vorgesehen im Raum bleiben mußte, nur um plötzlich feststellen zu müssen, daß er diesen Mann nicht provozieren konnte.

»Also, Riot«, fuhr Kyle ohne Betonung fort. »Nicht ich bin verantwortlich für diese Mission, sondern jemand anders. Ein Jemand nämlich, der zwei Leute umgebracht und ein Schiff zerstört hat. Den Grund dafür werden wir hoffentlich bald wissen. Seien wir nett zueinander und widmen uns vorrangig dieser Aufgabe. Stichwort Agama: Was habt ihr herausgefunden?«

Riot räusperte sich und schnippte mit den Fingern.

»Syntron. Zeig die Rekonstruktion der Bahnkurven der Anomalie in bezug auf die Planetenekliptik.«

Im Kubus materialisierte das Hologramm des Agama-Systems; die Syntronik ließ es in der virtuellen Wiedergabe mit dem Zentralgestirn als Mittelpunkt in langsamer Folge um eine imaginäre, leicht geneigte Achse rotieren, so daß es sich den Betrachtern aus allen Blickwinkeln darbot, dazwischen das, was an Bord der

LAPLACE allgemein nur als die »Anomalie« bezeichnet wurde: ein silbernes Band aus Millionen winziger Objekte, das sich spiralförmig durch die gesamte Ekliptik zog.

»Es ging uns vor allem darum«, argumentierte Riot, »die Natur der Anomalie herauszufinden. Sie ist simpel genug. Jemand schickt hier ...« der Lichtpfeil in seiner Hand fing die Position des vierten Planeten ein, »... kontinuierlich Erzladungen in Kugelform mit einem Durchmesser von zirka fünfzig Metern in den interplanetarischen Raum. Welches Vehikel dabei benutzt wird, läßt sich erst dann sagen, wenn wir uns das Ganze aus der Nähe betrachten können und ...«

»Ich tippe auf eine Antigrav-Schleuder«, warf Kyle ein.

»Bitte.« Riot schien ungehalten. »Darf ich meine Ausführungen zu Ende bringen?«

»Aber bitte.« Kyle registrierte aus den Augenwinkeln Yulals leichtes Grinsen. »Gern.«

»Man bringt also die ... diese Erzkugeln auf die Reise, wobei man sich der Magnetfeldlinien zwischen den Planeten bedient, und schickt sie zu einem Punkt im System, wo sie plötzlich wieder verschwinden. Dieser Punkt liegt dort ...« Der Lichtpfeil deutete innerhalb der Ekliptik auf eine Stelle, die, von Agama IV aus gesehen, zwischen Agama I, dem innersten Planeten, und dem Zentralgestirn lag.

»Und *wohin* verschwinden sie?« fragte Kyle, der Hens Riots Blicke richtig interpretierte. »In Helens Märchenland? In einem Schwarzen Loch?«

»Ich glaube, das kann ich beantworten«, sagte der Chef der Ortung, ein kleiner Terraner, dessen Name Shu Weiki war. »Helens Märchenland kenne ich zwar nicht, aber das zitierte Schwarze Loch kommt der Sache irgendwie schon nahe. Wir haben die Speicherstrukturen der SyntoLog-Anlage Ebene für Ebene nach ganz bestimmten Fünf-D-Resonanzschwingungen durchforstet und analysiert. Dabei kam die Entdeckung eines von den Hyperenergien der Sonne gespeisten Transmittertors heraus, das ziemlich exakt jenen Punkt im Raum markiert, an dem diese Erzladungen sich entmaterialisieren.«

»Wenn ich dich richtig verstehe, Shu, ergießt sich aus diesem System ein steter Strom von Rohstoffen an einen uns noch unbekannten Ort?«

»Exakt. Sozusagen ein interstellares Förderband. An einem Ende wird aufgelegt, am anderen abgenommen – wenn du mir diesen Vergleich gestattest.«

»Der Transport per Schiff wäre billiger, oder?«

»Möglicherweise. Kommt darauf an, welche Strecke zwischen Entmaterialisierungspunkt und Rematerialisierungsort liegt. Aber Rentabilität«, Shu Weiki wandte sich an den Leiter von Kontor Goto, »ist wohl nicht das vorrangige Anliegen unserer Unbekannten, nicht wahr, Kyle?«

Arig Kyle nickte anerkennend. »Richtig erfaßt.«

»Klärt mich mal jemand auf?« Stirnrunzelnd blickte der Kommandant in die Runde.

»Sofort.« Arig Kyle teilte das Lächeln von Weiki. »Der springende Punkt ist, daß die Frage der Rentabilität in diesem Fall tatsächlich von untergeordneter Bedeutung ist, weil nämlich jemand unter allen Umständen vermeiden will, daß man ihm beim illegalen Tun auf die Finger sieht. Früher oder später wären die Schiffsbewegungen in diesem Raumsektor jemandem aufgefallen. Es vagabundieren genug Glücksritter durch das All. So aber konnte man sicher sein, daß man zumindest für sehr lange Zeit beim Ausbeuten von Agama Vier unentdeckt bleiben würde. Eine Welt, deren Erschließung nach geltendem Recht eigentlich nur der Liga zukommt.

Wenn sich die LFT auch nicht als lineare Nachfolgerin des ehemaligen Solaren Imperiums versteht, so bleiben die früher geltend gemachten Besitztitel auf Planeten bestehen, die von der Explorerflotte entdeckt, entsprechend kartographiert und in die Dateien aufgenommen wurden. Das gilt insbesondere für Welten, die als Rohstofflieferanten für Terra von immensem Wert sind. Agama Vier ist eine solche Welt. Wer immer sich daran machte, sie auszubeuten, seit Jahren vermutlich, hat gegen eine ganze Reihe von geltenden Handels- und Wirtschaftsbestimmungen verstoßen, außerdem verbietet die Ausschließlichkeitsklausel im Galaktischen Handelsgesetz die Ausbeutung einer Bergwerkswelt durch eine einzige Gesellschaft.«

»Wir haben es hier«, hakte Pet Yulal ein, »mit einer Art von Piraterie zu tun. Ohne zu zögern würde ich sagen, daß die Vernichtung des Schiffes bewußt herbeigeführt und der Tod unserer beiden Spezialisten billigend in Kauf genommen wurde. Und warum?«

Niemand antwortete. Auch Arig Kyle schwieg; Pets Frage war rein rhetorischer Natur.

»Ich will euch sagen, weshalb«, erhob der Spezialist die Stimme. »Aus rein merkantilen Interessen. Weil nämlich jemand nicht will, daß man ihm beim Ausbeuten einer Welt auf die Finger sieht. Hier hat sich jemand an Terra-Eigentum vergriffen. Daß diesem Jemand bei der Vernichtung des Prospektorenschiffes die Black Box entging, war ein ... war *sein* entscheidender Fehler. Von nun an wird er echte Probleme bekommen.«

Dem gab es nichts mehr hinzuzufügen, fand Arig.

Neun Astronomische Einheiten über dem Südpol der Sonne Agama bildete sich im Raum-Zeit-Gefüge eine Lücke. Begleitet von der unvermeidlichen Gravitations-Schockwelle glitt die LAPLACE zurück in die dreidimensionale Bezugswelt. Als die sternflimmernde Kulisse des Weltraumes auf den normaloptischen Schirmen auftauchte, verringerte sie ihre Geschwindigkeit binnen Sekunden auf Null. Bewegungslos schwamm der Kugelraumer im All, unsichtbar für jede Scanner-Erfassung durch seinen Hochleistungs-Ortungsschutz. Er würde nicht sehr lange in dieser Position verbleiben, eigentlich nur, bis die Ortungszentrale ihre umfassende Analyse abgeschlossen hatte.

In der Tiefe der Maschinendecks wurden die Gravitrafwandler auf Normallast heruntergefahren, sie blieben jedoch in Gefechtsbereitschaft. Gefechtsbereit waren die Transformkanonen- und MVH-Geschützbatterien; die Taktiksyntrons in den jeweiligen Waffenkuppeln mit ihren hyperschnellen Ortungs- und Zielerfassungstastern waren über den Syntronverbund direkt zum Hauptterminal der Feuerleitzentrale geschaltet. Kein fremdes Raumschiff würde die LAPLACE überraschen, mochte es noch so schnell und nahe aus dem Hyperraum auftauchen.

Für sämtliche Decks des LFT-Schiffes herrschte Gefechtsalarm.

»Alle Systeme sind bereit, Kapitän« meldete der Hauptgunner Lam Janiver von seinem leicht erhöhten Platz.

»Sehr gut«, nickte der Kommandant. »Shu? Etwas zu erkennen, das uns zum Handeln zwingen könnte?«

»Negativ«, antwortete der Funk- und Ortungsspezialist.

»Fein. Und, Shu ... absolute Funkstille nach draußen. Nur Intern-Kommunikation erlaubt. Daß mir auch ja keiner von deinen Leuten in der Nähe eines Hyperraumkanals hustet oder niest, andernfalls ziehe ich ihn persönlich zur Verantwortung.«

Bei einem Ertruser nicht unbedingt die reine Freude,

schoß es Arig Kyle durch den Sinn, während Nik Lajew hinzusetzte: »Wir wollen unsere Freunde doch nicht vorzeitig warnen, oder?«

»Das wollen wir auf gar keinen Fall«, bekräftigte Shu.

»Ausgezeichnet. Syntron. Astrophysikalische Situationsanalyse. Auf den Schirm!«

Der Kommandant der LAPLACE drehte sich in Richtung des Hauptschirmes der Panoramagalerie und vertiefte sich in die Betrachtung des virtuell erzeugten Sonnensystems, das die normaloptische Darstellung ablöste. Wie unterschiedlich eingefärbte Roulette-Kugeln kreisten die fünf Planeten innerhalb einer tellerförmigen Ebene, die von der astronomischen Spezialsyntronik in kaltem Blau farbig hervorgehoben war, um die Mira-Veränderliche; die Ströme der Sonnenwinde glühten im syntronverstärkten Rot. Die Scanner des Astrolabs erfaßten alles, was ihnen vor die Sensoren kam: geladene Teilchen aus dem Brutofen des roten Riesen, Magnetfelder und Strahlungen auf allen bekannten Frequenzen sowie im 5-D-Bereich. Chaotische Sonnenwindverhältnisse herrschten in dem System: Angetrieben von Gaseruptionen wurden die energiereichen Teilchen über die Bahn von Agama V hinaus und weiter ins All transportiert. Dabei prallten schnellere Teilchenströme mit mehr als vier Millionen Stundenkilometern auf langsamere, wodurch heftige Turbulenzen entstanden, deren Schockwellen durch das All brandeten. Die Anomalie, die von ihrem augenblicklichen Standort aus mit der normalen Außenbeobachtung nicht zu erkennen war, erzeugte in dem elektromagnetischen Schneckenhaus des spiralförmigen Magnetfeldes des Zentralgestirns mit schwach ausgeprägten Hintergrundechos eine grobkörnige Spur.

»Ganz schön was los, dort draußen«, murmelte Pet, der neben Arig saß; beide verfolgten die Geschehnisse in der Hauptzentrale als nur mittelbar Betroffene. Sie waren nicht unbedingt in den Arbeitsprozeß der Crew eingebunden und konnten sich ganz aufs Betrachten konzentrieren.

Nik Lajews Hand schloß einen Kontakt. Die Erste Bordastronomin blickte von einem Monitor der Kommandantenkonsole.

»Gib mir ein paar Informationen über diese Sonne, Pen. In welcher Phase befindet sie sich gerade? Kontraktiert oder expandiert sie?«

»Sekunde.« Pen, die eigentlich Penelope Waller Gerris hieß, sprach kurz mit einer ihrer Stellvertreterinnen außerhalb des Erfassungsbereichs der Aufnahmeoptik, dann wandte sie sich wieder an Nik Lajew. »Die wechselhafte Diva wird in achtundvierzig Stunden den tiefsten Punkt ihrer Amplitude erreichen. Danach erreicht sie in siebzehn Tagen wieder ihr Maximum.«

Der ertrusische Kommandant schürzte die Lippen. Dann wandte er sich an den Chef der Ortung.

»Wie weit ist deine Abteilung?«

Shu Weiki hob die zur Faust geballte Rechte und streckte den Daumen nach oben.

»Alles im Kasten«, versicherte er. »Wir haben zwei wunderschöne Transmitterechos lokalisieren können.«

»Dann nichts wie rein in die warme Stube, Quist«, bedeutete Lajew seinem Chefpiloten. »Bring das Schiff in die Korona.«

Keine Minute später verschwand die LAPLACE wieder im Hyperraum – und materialisierte rund 1,35 Milliarden Kilometer von ihrem ursprünglichen Standort entfernt in der Exosphäre der Mira-Veränderlichen, unsichtbar für visuelle wie auch ortungstechnische Erfassung.

Das ganze Intermezzo im Normalraum hatte nicht

länger als dreißig Minuten gedauert, wie Arig durch einen Blick auf das Multifunktionsgerät an seinem Handgelenk feststellte.

Er bewegte unbehaglich die Schultern; obwohl er genau wußte, daß für die LAPLACE im äußeren Bereich der Sonnenatmosphäre keine Gefahr bestand, war die Vorstellung, daß jenseits der hyperenergetischen Schirmfelder ein glühendes Gasgestirn sozusagen hautnah brodelte, seinem Seelenfrieden nicht gerade förderlich.

»Wurde unser Ortswechsel beobachtet?« wandte sich Nik Lajew an den Chef der Ortung.

»Negativ, Kapitän.«

»Gut. Starten wir Operation Pandora.«

»Pandora?« echote Jason Vindi.

»War eine Göttin der terranischen Sagenwelt«, klärte der ertrusische Kommandant seinen Chefingenieur auf, »die mit einem Gefäß unter dem Arm für einige Überraschungen sorgte.«

Eine höchst eigenwillige Interpretation der griechischen Mythologie – und so ganz ohne Bezug ... Kyle, der nebenher Historiker war, grinste versteckt, während der Hanse-Spezialist neben ihm leicht hüstelte.

»Ich verstehe nicht ...« Der Oxtorner neigte zögernd den Kopf.

Lajew winkte ab. »Es handelt sich lediglich um die Fernerkundungssonde, mehr nicht.«

»Sonde aktiviert«, sagte Shu Weiki.

»Raus mit ihr«, nickte der Kommandant.

Das winzige Robotschiff jagte los; über dem Südpol der Sonne trat es in den Hyperraum ein und kehrte wenig später, vom Bordsyntron der LAPLACE geführt, im Orbit über Agama IV in den Normalraum zurück. Das Display des Flugcomputers erwachte zum Leben, als der Syntron der Sonde die kodierten Koordinaten über Mikro-Strukturlücken durch die gestaffelten Paratronschirme hereinschickte.

Der Planet schwebte unter ihr.

Die Nachtseite verschmolz mit dem Hintergrund des sternenerfüllten Raumes, lediglich die scharfe Trennungslinie vom diffusen Sternenlicht zur absoluten Düsternis ließ die Planetenkrümmung erahnen; die Tagseite war eine schmale Sichel mit grellem Albedo.

Der stetige Strom eintreffender Daten präsentierte der Crew in der Zentrale der LAPLACE eine vollständige telemetrische Darstellung des Annäherungskorridors; der Pykosyn führte einige Anpassungen durch und steuerte den Fernerkunder in eine niedrige Umlaufbahn. Alle Parameter waren im Grünbereich, ebenso das Anflugprofil. Schnell näherte er sich dem Terminator in Richtung Tag.

Der Techniker hinter der Konsole meldete die Systeme positiv, Sensoren und Sichtanzeigen aktiviert.

»Auf den Schirm!«

Das visuelle Bild stabilisierte sich.

Erste Eindrücke huschten über den Schirm; Staubschleier irrlichterten durch die dünnen oberen Luftschichten, tief unten schuf ein brodelnder Orkan ein aus der Sicht der Sonde eng begrenztes Inferno. Agama IV war eine Wüstenwelt aus hoch aufragenden Felsen, tiefen Schluchten und weiten Hochebenen, die von tobenden Winden glattgeschliffen waren.

Verlassenheit, Leere, Einöde ... Diese Vergleiche assoziierte Arig Kyle.

Im Syntron der Sonde waren die Daten verankert, welche die Black Box aus dem Prospektorenschiff der Hanse bei dessen ersten Kontakt mit diesem System über Agama IV gesammelt hatte. Sie waren zu einem Suchmuster zusammengestellt, nach dem das Robotschiff sich ausrichtete.

Als die Kongruenz hergestellt war, verharrte die Sonde über einer ganz bestimmten Stelle des Planeten und konzentrierte sämtliche syntronischen Ortungsmittel auf einen Punkt, den sie in entsprechender Vergrößerung an die Zentrale der LAPLACE übermittelte.

Aus großer Höhe sahen sie es: eine Hochebene in der Form eines annähernd gleichseitigen Dreiecks, das mit der Spitze zum planetaren Nordpol zeigte. Die abfallenden Verbindungsstrecken zu den Eckpunkten wurde durch zirka zweihundert Meter tiefe Schluchten gebildet. An der Basislinie, aus der ungefähren Mitte leicht nach Westen versetzt, ortete die Sonde genau an der abfallenden Kante eine Ansammlung von Bauwerken, die sich, so hatte es den Anschein, an der Wand nach unten fortsetzten und sich auch in den Berg hinein zu erstrecken schienen; die Scanner orteten ausgedehnte Hohlräume. Auf der Hochebene selbst war das Rund eines kleinen Raumhafens zu sehen, der eine Verbindung mit der Ansiedlung hatte. Ansonsten aber führten weder Straßen noch Wege oder Schienen von der Anlage weg oder zu ihr hin. Insgesamt drei Raumfahrzeuge wurden geortet; kleinere Frachter, die be- und entladen wurden. Von dem Kampfraumer, der die ALLURA zerstört hatte, war weit und breit kein Ortungsecho zu entdecken. Er war mit Sicherheit nicht im System. Auf einem Turm am Rande der Mesa erhoben sich die Antennen einer Hyperfunkanlage. Die Orter fingen bis auf den normalen Breitbandfunk bodennaher Einrichtungen nichts auf.

Die Ansiedlung war bewohnt und voll in Betrieb. Das Robotschiff ortete ein energieerzeugendes System von erheblichem Umfang in einem Komplex außerhalb: das Kraftwerk der Stadt; voll robotisch. Die Sensoren der Sonde fingen keinerlei Anzeichen von Lebensform-Echos auf. Zwei weitere Energiequellen wurden lokalisiert, eine in der Hauptsiedlung selbst und eine in einem kuppelförmigen Gebäude am Rande des Raumhafens.

»Irgendwelche Waffensysteme oder Verteidigungsanlagen?«

»Negativ.«

»Nahbereichserkundung«, ordnete Lajew an.

Shu gab dem Techniker ein Zeichen.

Aus dem winzigen Robotschiff in der stationären Umlaufbahn löste sich eine noch winzigere Spionsonde und jagte nach unten. Niemand sah sie. Niemand ortete sie; eine nur unterarmlange High-Tech-Sonde, vollgepackt mit algustranischer Mikrotechnik.

Sechzig Sekunden ... einhundertzwanzig Sekunden ... dann war sie auf Höhe der Ansiedlung.

In der Zentrale konnte man auf der Monitorleiste unterhalb des Panoramaschirmes die Bilder verfolgen, die die Kamera der Minisonde aufnahm. Der Hochauflösungszoom zeigte die zerschrammten, staubüberkrusteten Wände von Gebäuden – ein Hüttenwerk in Kompaktbauweise, aufgegliedert in mehreren Ebenen, die terrassenförmig den Felshang hinabreichten. Gitterstege zwischen Plattformen, Treppen, turmhohe Lastenaufzüge; eine Reihe Gleiterlandeplätze; ein großer Hangar oben an der Kante, in der Tiefe mehrere langgestreckte Hallen. Unweit davon erfaßte die Spionsonde eine ausgedehnte Verhüttungsanlage von immensem Fassungsvermögen. Die Kamine husteten unablässig Rauchwolken aus; Kühltürme schickten Ströme weißen Dampfes in die Atmosphäre.

Daneben erhob sich vom Grund der Schlucht bis zum Rand des Hochplateaus wie ein umgekehrter Trichter das stählerne Gerüst eines Startrails. Der Größe nach zu urteilen, waren die Preßfeldgeneratoren entlang der aufsteigenden Seiten geeignet, mächtige Container in den Raum zu schicken; Anlagen wie diese dienten hauptsächlich auf kleineren Monden dafür, um Schiffe in geostationärem Orbit beladen zu können. Wozu die Anlage diente, war inzwischen jedem in der Zentrale klar. Zwischen Verhüttungsanlage und Startrail bestand eine mehrere Stockwerke hohe geschlossene Verbindung.

Die Minisonde zog weiter ihre Kreise, stürzte hinunter auf das Niveau der Tiefebene, die nichts anderes als eine Riesengrube war, eine gigantische Narbe im Antlitz des Planeten, die sich mit jedem Tag, an dem die Förderroboter neue Schichten abhobelten, weiter vergrößerte. Es war nicht zu übersehen: Entlang der Abbruchkante befanden sich ausgedehnte und äußerst ergiebige Erzfelder.

»Das da möchte ich mir näher ansehen!« Der Lichtpfeil in Nik Lajews Hand tippte auf ein paar metallisch schimmernde Reflexe auf dem Bildschirm.

Der Techniker, der von der Brücke der LAPLACE aus über das winzige Robotschiff die Sonde dirigierte, reagierte augenblicklich.

Der Zoom der Sonde machte aus den Reflexen zunächst winzige Würmer, dann gewaltige, metallene Ungetüme. Es waren autarke, halbrobotische Anlagen zum oberflächennahen Abbau erzhaltiger Lagerstätten, die neben den Schutzhallen auf ihren Einsatz zu warten schienen. Daneben kauerte auf abgeschrägten Rampen schweres Minengerät wie groteske Fabelwesen aus der planetaren Vergangenheit. Durch den wirbelnden, allgegenwärtigen Staub huschten Gleiter, fuhren rädergetriebene Fahrzeuge. Um die Förderroboter herrschte reges Treiben; Roboter und Wartungsteams bauten defekte, abgenützte Teile aus und setzten neue ein.

Das Spionauge gewann wieder an Höhe.

»Kommandant – dort!«

Die Schiffssyntronik schuf eine Ausschnittsvergrößerung des von den Optiken der Sonde überstrichenen Sektors: Über der zylinderförmigen Öffnung des Startrails erschien wie eine gigantische Laserplastik eine Energiesäule, die die Atmosphäre des Planeten durchstach – und in ihr schoß eine Metallkugel von fünfzig Metern Durchmesser in den Raum, von den Preßfeldgeneratoren auf Fluchtgeschwindigkeit beschleunigt. Ein weiteres Glied hatte sich der Kette hinzugefügt.

»Shu! Wenn ich richtig vermute, dann müßte es eben ein Transmitterecho auf deinen Schirmen gegeben haben, oder?«

Shu bestätigte Lajews Vermutung.

»Willst du es sehen?«

»Später. Ich ...«

Der Hyperfunkscanner auf der Brücke meldete sich mit seinem charakteristischen Signal.

»Kapitän!« Der Techniker vor der Konsole wirkte überrascht.

»Ja?«

»Wir fanden ein Hyperfunksignal auf. Quelle ist Agama Vier. Es handelt sich um ... um einen Hilferuf!«

»Was ...? Richtfunkkontakt mit uns?«

»Negativ. Suchkreis auf Hanse-Transponderstationen.«

»Wie ... Zeig uns das Holo!«

»Nix Holo«, erwiderte der Techniker. »Normaloptische Sendung.«

»Auf den Schirm!«

Die Atmosphäre in der Zentrale der LAPLACE war mit einemmal gespannt. Das Personal starrte wie hypnotisiert auf den Ortungstechniker, der eine Schaltung vornahm.

Aus den Akustikfeldern brachen zuerst Statik und

das schnatternde Prasseln der Sonnenkorona. Dann regelte der Syntron die Lautstärke und filterte alle Störgeräusche aus. Eine Sekunde verstrich, bis sich der große Schirm klärte. Ein hartes Gesicht mit hervorstehendem, eckigem Kinn blickte von der schimmernden Fläche und eine Stimme sagte im drängenden Tonfall: »Mayday! Mayday ...«

8.

... das Shuttle löst sich aus der Hangarbucht und gleitet in die samtene Schwärze des Alls. Auf den Heckdisplays entfernt sich der Konzernraumer zwischen den Sternen; der Haufen hochkarätiger Zivilisten im Passagierabteil der Fähre stammt von dort. Seine Aufgabe besteht darin, die Männer und Frauen mit dem Landezubringer, Modell T, sicher hinunter nach Ghola-City zu bringen. Mehr verlangt dieser Job nicht von ihm. Und er in seiner kleinen Cockpitkanzel hat vor, diesen Job so gut wie immer zu machen. Dabei hat die Katastrophe schon längst begonnen, er hat es nur noch nicht bemerkt.

Der Hopper-Syntron macht ihn mit einem Signal darauf aufmerksam, daß es Zeit für die übliche Routine ist. Er drückt zwei breite Tasten.

»Ghola-Control ...« sagt er in Richtung des Konsolenmikrofeldes. »LZT-Eins-Fünf-rho auf Anflugkurs. Erbitte Koordinaten.«

Das Holo des Flugcomputers baut sich auf, als Ghola-Control die kodierten Koordinaten hereinschickt, einige Anpassungen vornimmt und den Space-Hopper in einer absteigenden Spirale nach unten steuert. Es präsentiert ihm eine vollständige telemetrische Darstellung des Abstiegskorridors; alle Parameter sind im Grünbereich, ebenso das Anflugprofil. Auch das ist Routine.

Unter dem LZT liegt der Raumhafen von Ghola im gleißenden Licht seiner Sonne Superior; in vier Kilometern Höhe wird der Lande-Zubringer vom Syntron automatisch in den Verkehrsstrom eingeklinkt, der am Raumhafen entlang ins Zentrum von Ghola-City führt. Alles Routine, wie gesagt. Deshalb stöpselt sich Ghola-Control auch aus und übergibt sämtliche Funktionen erneut in die Obhut des Piloten – und exakt in diesem Moment hallt ein metallenes Krachen durch den Zubringer. Das Shuttle erbebt kurz, dann noch einmal. Diesmal länger und intensiver. Auf den Heck-Displays sieht er zwei Lichtblitze – und schon jaulen sämtliche Warnsirenen los.

Statusanzeigen bauen sich in Sekundenschnelle auf und signalisieren ihm, daß sich die außenliegenden GJTs von ihren Stummelpylons verabschiedet haben und in die Tiefe trudeln. Ein durch die Akustikfelder gedämpftes Krachen läßt den Fahrgastraum erbeben. Ein Inferno irrsinniger Schreie brandet über die Internmonitoren ins Cockpit, das wie eine Warze an der Vorderseite des Hauptrumpfes klebt. Ein Schirm links von seinem Gesichtsfeld gibt ihm totalen Überblick über das, was im Innern des Shuttles geschieht: Die bläulichweißen Flammen einer Reihe kleinerer Sekundärexplosionen katapultieren die Sitzreihen mitsamt den Insassen gegen die Decke, wölben die Wandungen nach außen. Ganze Segmente bersten. Der Sog des Luftstroms reißt Körper und Trümmer durch die Öffnungen nach draußen.

Eine der Explosionen beeinträchtigt das Interface zwischen Symunikator und Flugcomputer, jene sensible Schnittstelle zwischen der Rechnereinheit in ihrem separaten Universum und dem Systembenutzer. Als unmittelbare Ursache davon fällt eine ganze Phalanx von Stabilisatoren und Lageprojektoren aus; wie ein waidwunder Wal rollt der Torso des Shuttles auf die Seite und beginnt unkontrolliert zu stürzen, begleitet vom infernalischen Lärmen der Warnanlagen.

Er tastet verzweifelt nach den Notschaltungen, welche die ausgefallenen Systeme überbrücken oder umgehen würden, nur um festzustellen, daß auch diese nicht mehr funktionieren. Wieder und wieder schlägt er vergebens auf die breiten Tasten. Durch die Kanzelverglasung des Cockpits sieht er die Ebene des Raumhafens von Ghola-City heraufzoomen. Se-

kunden noch, dann wird der Einschlag den Zubringer in einem Lichtblitz verglühen lassen ...

»Nein!« stöhnt er voller Panik »Nein ...«

»... NEIN!«

Der Traum zerstob wie ein Holo-Feuerwerk am Firmament.

Als er erwachte und die Augen aufschlug, fühlte er sich wie ein Ertrinkender, der sich endlich ans Ufer rettet.

Wo war er?

Die Orientierung fiel ihm schwer.

Sein Atem kam stoßweise. Sein Herz klopfte. Er spürte den Puls in seinen Schläfen pochen, als er zur Decke starrte. Indirekte Helligkeit schimmerte von grauen Wänden. Aktiviert von Almods Stimme, hatte der Raumservo das Licht eingeschaltet. Als er sich zur Seite drehte, fiel sein Blick auf die Öffnung des Hygienemoduls, daneben stand der in die Wand eingelassene Schrank, in dem seine Arbeitskleidung hing. Dies, so erkannte er, war Agama Vier, die Realität.

In diesem Moment kehrten die Erinnerungen zurück.

Wie ein Schwall kalten Wassers überschwemmten sie sein Bewußtsein. Mit erschreckender, fast schmerzhafter Klarheit wußte er plötzlich, daß es diesmal keine Präsenz geben würde, die diese Gedanken ins Vergessen hinunterstieß; daß das, was er eben geträumt hatte, kein Traum gewesen war, sondern gelebte Erinnerungen an eine reale Vergangenheit vor seiner Zeit auf diesem Planeten. Der Vorhang öffnete sich, der bislang seinen Verstand in Dunkelheit gehüllt hatte.

Er erinnerte sich daran, Hanse-Spezialist gewesen und als verdeckter Ermittler bei einem interstellaren Erzgewinnungs-Konzern eingeschleust worden zu sein, der wegen seiner monopolistischen Gelüste die Aufmerksamkeit der Hanse erregte. Seine Tarnung war sehr sorgfältig aufgebaut. Er besaß sämtliche Qualifikationen als Shuttlepilot und zusätzlich eine A2-Klassifizierung für autarke Erzabbauanlagen. Für alle Fälle.

Alles ließ sich gut an. Er hatte bereits erste Fortschritte zu verzeichnen – da geschah das Disaster über Ghola. Und er sah sich unversehens vor den Schranken eines interstellaren Gerichtshofes stehen, angeklagt des vielfachen, vorsätzlichen und heimtückischen Mordes aus niederen Beweggründen.

Letzteres bewiesen die Staranwälte des Konzerns, dessen Direktoren mitsamt Sekretärinnen Almod, wie sie argumentierten, so effektvoll ins Jenseits befördert hatte, anhand der Tatsache, daß auf Almods Privatkonto bei der Interstellar Banking Corporation Ghola Wochen vor dem Unfall ungewöhnlich hohe Summen aufgelaufen waren. Er konnte sich auf deren Vorhandensein allerdings keinen Reim machen, wie er versicherte. Seine Beteuerungen nutzten nur nichts.

Den Vorsatz konstruierte man aus dem Umstand, daß es sich bei dem Shuttle um eine Landeeinheit für Extremeinsätze handelte. Nach gängigem Terminus bedeutete das, daß sie für militärische Zwecke verwendet werden konnte und ein Überlebensmodul enthielt, das die hochspezialisierten Piloten Sekunden vor einem möglichen Aufprall herauskatapultierte – wie bei Almod geschehen.

Almot konnte es drehen und wenden, wie er wollte – jemand hatte ganze Arbeit geleistet und es dabei so geschickt angestellt, daß am Ende nur er als Täter in Frage kam!

Anfänglich glaubte er noch, man sei dahintergekommen, für wen er in Wirklichkeit arbeitete. Doch später fand er heraus, daß er lediglich zwischen die Fronten eines Konzernkrieges geraten war und als Sündenbock herhalten mußte. Aber das zu beweisen erwies sich als unmöglich, sowohl für Almod als wider Erwarten auch für die Hanse, die sich im übrigen vornehm bedeckt hielt und überhaupt weigerte, in Erscheinung zu treten, frei nach dem Motto: »Heben Sie für uns die Galaxis aus den Angeln, aber sollten Sie erwischt werden, müssen wir leugnen, je von Ihnen gehört zu haben.«

Der Verteidiger, der ihm in diesem Sektor der Galaxis seine Dienste anbot – ob auf Geheiß der Hanse, fand Almod nie heraus –, war hoffnungslos den Konzern-Anwälten unterlegen. Aber immerhin schaffte er es, daß man von einer Anklage des vorsätzlichen Mordes absah und Almod lediglich zu fünfzehn Jahren wegen fahrlässiger Tötung verurteilte und zu einer Passage zu den Strafkolonien verhalf.

Als er nach sechs Jahren vorzeitig in die Freiheit entlassen wurde und sich bei seinen Vorgesetzten mit ein paar sehr deutlichen Worten für die fantastische Unterstützung bedanken wollte, erfuhr er so ganz nebenbei, daß er längst als Sicherheitsrisiko vom Dienst suspendiert und alle seine Bezüge gestrichen waren. Sein Toben nutzte nichts. Es fügte seiner Akte nur das wenig schmeichelhafte Gutachten eines Psychiaters hinzu, das ihm ein relativ gestörtes Verhältnis zur Wirklichkeit im allgemeinen und zu seiner Dienststelle im besonderen bescheinigte.

Die Erinnerungen kamen jetzt schneller.

Eine davon betraf die Zeit nach dem Ghola-Disaster. Damals wollte er weg. Weg von allem und speziell von seinen ehemaligen Kollegen. Wollte eine Arbeit tun, die sich von seiner bisherigen Tätigkeit diametral unterschied ...

»Wir suchen«, sagte der junge, alerte Karrieretyp hinter dem Schreibtisch auf dem namenlosen Asteroiden weit von Ghola und noch weiter von Terra und der Hanse entfernt,

»Leute, die mit einer autarken Erzabbauanlage umzugehen verstehen. Der Job verlangt eine A3-Klassifizierung, mindestens.«

»Kein Problem für mich«, antwortet Almod und wirft einen Datenchip auf die Platte. »Ich habe eine Alpha Zwei.«

Was nicht gelogen ist; er kann mit häusergroßen Laderobotern ebenso umgehen wie mit autarken Erzgewinnungsmaschinen. Hat mal zu seinem Job gehört.

»Das hilft«, sagt der Typ und grinst auf eine merkwürdige Art, als er den Datenträger einem Scanner anvertraut.

Obwohl keine Information darauf der Wahrheit entspricht, wird der Arbeitsvermittler nichts finden, was ihn mißtrauisch machen kann. Schließlich hat er sein Handwerk gelernt. Elektronische Datenträger zu fälschen – er zieht es allerdings vor, von »modifizieren« zu sprechen –, beherrscht er bis zur Perfektion. In einer oskuren Hinterhof-Klinik hat er sogar sein Retinamuster verändern lassen. Er legt keinen Wert darauf, als ehemaliger Hanse-Spezialist erkannt zu werden. Nur noch eine Gen-Kode-Überprüfung wird seine wahre Identität zutage fördern. Und deshalb ist er auch nicht weiter überrascht, als das glatte Gesicht sagt: »Du hast den Job ...«

Ein Geräusch draußen in den Korridoren brachte Almods düstere Gedanken für einen Moment in die Gegenwart zurück.

Er richtete sich im Bett auf und schlang die Arme um die Knie. Über der Tür schimmerte die breite Datenleiste in beruhigendem Grün. Während der vergangenen zehn Stunden waren keine Nachrichten eingegangen; die Displays waren leer. Es war früh am Morgen, und die altbekannten Symptome waren wieder da: der dumpfe Kopfschmerz und das Gefühl, jede einzelne Ganglie in seinem Gehirn würde brennen. Alles Nachwirkungen der Untersuchung vom Vortag in der Medo-Sektion. Er lebte so lange schon mit ihnen, daß er sie als etwas fast Selbstverständliches hinnahm. Und ohne sein Zutun kam die Vergangenheit Stück für Stück wieder ans Licht; die zerbrochenen Splitter eines lange Zeit blinden Spiegels fügten sich zu einem Ganzen und zeigten ihm Bilder und Fakten, die ihn erschreckten. Fast gewaltsam nahm die ganze verdammte Geschichte von damals ihren Fortgang ...

Schon als er den zerschrammten Erzfrachter in Modulbauweise in der hintersten Ecke der verwahrlosten Docks zu Gesicht bekommt, beginnt er zu ahnen, daß die Reise alles andere als ein Vergnügen sein wird. Das Schiff ist nichts als ein riesiger, rechteckiger Ladecontainer mit Antriebsmodulen und einer angeflanschten Pilotensektion am Bug für die Besatzung.

Zum erstenmal beginnen Zweifel zu nagen.

Aber er hat sich schon zu weit vorgewagt. Ein Zurück gibt es nicht mehr. Zusammen mit den anderen geht er an Bord.

Für die Beförderung der vielen Minenarbeiter hat man in einem der haushohen Laderäume ein provisorisches Deck eingezogen und darin wie Tierkäfige eine Galerie von Schlaftanks installiert.

Der grobschlächtige Nichtmensch von Antreiber am Eingang deutet seinen Blick richtig.

»Hör zu, Kumpel«, bellt er mit der Freundlichkeit einer Frostkammer, »was beklagst du dich? Die Sauerstoffanlage hat schon genug gekostet; für Essensvorräte oder ein Recycling- und Rückgewinnungssystem ist da nichts mehr übrig. Auf diese Weise könnt ihr wenigstens mal richtig ausschlafen.«

Das Schlimme daran ist, daß er es so meint, wie er es sagt.

Irgendwann geht die Alptraumreise zu Ende.

Die gesamte Zelle zittert und rüttelt, während sich der Erzfrachter durch eine turbulente Atmosphäre nach unten senkt.

Das Schiff landet – nach wie vielen Tagen?

Er weiß es nicht. Er weiß nur, daß er sich hundeelend fühlt. Genauso mies wie die anderen, die mit ihm über die Rampe nach draußen trotten, hinein in ein labyrinthisches System von Liften und Korridoren. Noch halb betäubt von den Nachwirkungen des Kälteschlafs, stehen sie in einer Reihe an, werden in einer weitläufigen Medosektion verschiedenen Untersuchungen unterzogen – um sich den hier herrschenden Umweltbedingungen anzupassen, wie es heißt – und empfangen eine Reihe von Injektionen zur Stabilisierung der körperlichen und geistigen Funktionen nach der langen Kaltschlafphase.

Schließlich senkt sich die Haube eines Medo-Robots über ihn.

Und ab diesem Moment kommen ihm Zeitgefühl und Erinnerung abhanden ...

Auf dem Bett sitzend, ließ Almod seine Vergangenheit Revue passieren. Alles zog an seinem inneren Auge vorbei, angefangen von den ersten bewußten Momentaufnahmen seiner Kindheit bis zu dem Augenblick am vorherigen Abend, als sich der Medo-Robot seiner annahm ...

Erneut war Lärm auf den Korridoren zu vernehmen.

Die Minenstadt schlief eigentlich nie; rund um die Uhr wurde gearbeitet. Trotzdem waren die Stunden während der Nacht etwas weniger von hektischem Lärm erfüllt. Lärm, der vor allem jetzt in den Morgenstunden eskalierte, so daß sich Almod entschloß aufzustehen. Mit bloßen Füßen stapfte er in die Hygienezelle, sorgsam darauf achtend, wohin er seine Füße setzte. Er bewegte die Hand über den Sensor und stellte sich unter den schwachen Wasserstrahl, der von der Decke fiel.

Die Kälte war wie ein Schock; trotzdem ließ sie ihn nicht klarer sehen.

Angestrengt versuchte er sich einen Reim darauf zu machen, weshalb er sich mit einemmal an Dinge und Vorgänge erinnerte, die bei früheren Versuchen stets in ein dunkles, gähnendes Loch fielen und nicht mehr ans Tageslicht gebracht werden konnten.

Als er zu frieren begann, brachte er den Wasserstrahl zum Versiegen.

Während ihn der warme Luftstrom trocknete, betrachtete er sich im Spiegel. Seine Augen, dunkel und düster blickend, musterten jede Einzelheit seines harten Gesichtes mit dem hervorstehenden, eckigen Kinn.

»Vernon Almod«, sagte er laut in die Stille und schnitt sich eine Grimasse, »du hast dich auch schon mal besser gefühlt.«

Eine raumlose Stimme über Almods rechtem Ohr wisperte: *»Sicher hast du das – in einem anderen Leben.«*

Almod schürzte die Lippen.

»Was ist los mit dir, Mann«, murmelte er, es sollte sarkastisch klingen, mißglückte jedoch nachhaltig. »Fängst du schon an, dir deine Fragen selbst zu beantworten? Entweder du träumst wieder, oder du bist inzwischen verrückt geworden ...«

»Weder das eine noch das andere, Terraner. Ich spreche zu dir nur über einen etwas ...«, die körperlose Stimme schien belustigt, *»... ungewohnten Weg.«*

Almod lief es kalt über den Rücken; er ballte die Fäuste und hielt den Atem an. Dann entspannte er sich. Daß er nicht gleich darauf gekommen war! Er versuchte, den Abstrahlkegel des Akustikfeldes zu entdecken, das irgendein Scherzkeks in seiner Hygienezelle untergebracht haben mußte, um ihn auf die Rolle zu nehmen. Aber da war nichts. Doch plötzlich kam ihm ein anderer Gedanke. Erleichtert, fast triumphierend, sagte er: »Du bis Telepath. Richtig?«

»Falsch!«

»Himmel. Wer bist du?«

»Nhivel Breseadh. Der Ara-Mediker.«

»Wie sprichst du mit mir?«

»Über eine submikroskopische Sender-Empfangseinheit, die ich gestern hinter deinem rechten Schläfenbein implantiert habe.«

»Kannst du auch meine Gedanken lesen?«

»Nein. Du mußt schon reden, damit ich dich höre. Und um deine nächste Frage gleich mitzubeantworten: Ich sehe nicht, was du siehst. Ich höre nicht, was du hörst. Wenn wir uns nicht gegenüberstehen, bist du nichts weiter als ein Signal auf einem Scanner.«

»Wie tröstlich«, sagte Almod sarkastisch, um seine Verwirrung zu kaschieren. »Ist dieses submikroskopische Ding auch für meine Träume und meine wiedergewonnenen Erinnerungen verantwortlich?«

»Nein. Du hast dich an dein früheres Leben erst dann bewußt wieder erinnert, nachdem ich dir – auch gestern – den Chip entfernt habe.«

»Den Chip?« Almods Stimme bekam einen schrillen Beiklang.

Der Ara wiegelte ab. *»Nur ein Neuro-Chip, ein submikroskopischer Syntron mit minimalem Programm. Er beeinflußte lediglich jene Cortexbereiche, die deine Erinnerungsfähigkeit und ein paar andere Dinge steuern.«*

»Oh!« Almods Gedanken bewegten sich wie durch zähflüssiges Öl. Dann fuhr er fort: »Einmal abgesehen davon, daß ich nicht weißt, was dahintersteckt: Dieser Eingriff geschah ohne meine Einwilligung.«

»Sparen wir uns langatmige, ethische Grundsatzdiskussionen. Im übrigen gehen deine terranischen Wertvorstellungen nicht mit den meinen konform. Ganz kurz: Agama Vier wird illegal ausgebeutet – und die Minenarbeiter mittels eines Neuro-Chips zu bedingungsloser Loyalität gezw... hm,

angehalten. Agama ist eine Extremwelt. Niemand begibt sich freiwillig in eine Hölle, es sei denn, er empfindet sie nicht als das, was sie ist.«

»Von derartigen Manipulationen habe ich schon gehört.« Almod kam sich auf eine erschreckende Art lächerlich vor. Es war einfach grotesk, wie er da mit seinem Spiegelbild redete. »Und auch davon«, fuhr er fort, »daß manche Mediker von Aralon mitunter Vergnügen daran finden, solchen großangelegten ›Feldversuchen‹ beizuwohnen. Du warst sicher nicht ganz unbeteiligt daran. Oder? Sagtest du vorhin nicht etwas von ›Ethik‹? Wie paßt das ins Bild?«

»Papperlapapp«, erwiderte die Geistertimme des Aras. *»Du vergißt schon wieder, daß meine Ethik anders gelagert ist.«*

»Und was ist mit deiner Loyalität gegenüber dem Konzern?«

»Die war spätestens dann nicht mehr relevant, als immer mehr Arbeiter mit durchgebrannten Synapsen den Tod fanden. Die Strahlenstürme der Sonne beeinträchtigten die Funktionssicherheit zu sehr. Ich kann das nicht mehr verantworten. Deshalb habe ich dich ausersehen, dem Spuk ein Ende zu machen.«

»Warum gerade mich?«

»Du warst einmal das, was man einen Hanse-Spezialisten nennt.«

Almod lachte freudlos. »Das ist lange her. Lange vorbei.«

»Ich weiß. Trotzdem. Alles, was du tun mußt, ist, die terranischen Behörden darauf aufmerksam zu machen, daß es hier nicht mit rechten Dingen zugeht. Wenn man deinen Kode hört, wird man sich deiner erinnern. Man wird dir zumindest zuhören. Und – und das allein zählt – man wird etwas unternehmen.«

Da sei mal nicht so sicher, dachte Almod. Laut sagte

er: »Und wie soll ich das, deiner Meinung nach, bewerkstelligen?«

»Muß ich dir das etwa sagen, Terraner?«

Almod starrte geradewegs in die Augen seines Spiegelbildes.

»Vermutlich nicht«, murmelte er. Der herablassende Tonfall dieser Feststellung versetzte ihm einen Stich. »Ohne ein Minimum an Ausrüstung wird's aber schwierig werden.«

»Daran habe ich schon gedacht. Über der Lichtleiste findest du zwei Dinge, die von Nutzen sein können. Den Rest muß deine Erfahrung ausgleichen. Ich habe von wahren Wunderdingen gehört, zu denen Hanse-Spezialisten fähig sein sollen. Machen wir Schluß. Noch ein Rat, Terraner! Verhalte dich wie immer. Niemand sollte merken, daß du nicht mehr unseren ... deren Vorstellungen entsprichst. Ich melde mich wieder.«

Die körperlose Stimme verstimmte.

Almod spürte die Stille wie eine körperliche Last. *Ein toter Agent wird zum Leben erweckt,* dachte er und wunderte sich, daß er nicht zu schreien anfing. Ob das gut ging? Einen Moment lang spielte er mit dem Gedanken, das Ganze als eine weitere Facette seiner Träume zu nehmen. Aber diese Zeit war vorbei. Endgültig. Unwiderruflich. Und: Sein Entschluß war gefaßt.

Was immer ihn am Ende auch erwartete: Terra mußte erfahren, was hier auf Hölle Hoch Vier geschehen war und noch immer geschah. Er wußte sogar schon, wie er es bewerkstelligen würde. Vorbei war die Zeit der dumpfen Lethargie. Sein Leben hatte eine neue Dimension erfahren.

Jetzt begann er zu handeln.

Nur Sekunden später schlüpfte er in seine Arbeitsmontur aus an den Schultern und Ellbogengelenken verstärktem, absolut reißfestem Spezialgewebe, schloß die Säume und befestigte die breiten Klettbänder um Gelenke und Hals. Schließlich fuhr er in die Stiefel, stampfte ein paarmal auf, bis sie saßen. Dann schlang er den breiten Einsatzgürtel um seine Taille; das darin integrierte Antigravgerät war unentbehrlich bei kleineren Reparaturen an den Außenflanken der riesigen Erzabbaumaschinen. Es konnte ihm auch bei seinem Vorhaben unter Umständen sehr von Nutzen sein. Den kleinen Paralysator fand er dort, wo ihn der Ara hinterlegt hatte, zusammen mit einem Generalkode-Chip für Türscanner. Die Waffe verstaute er in der Oberschenkeltasche der Montur. Dann war er fertig.

Aufblickend sah er sich im Spiegel.

»Willkommen unter den Lebenden, Vernon Almod«, sagte er zu seinem Spiegelbild und grinste flüchtig; diesmal erhielt er keine Antwort.

Nach über achtzehn Monaten auf Hölle Hoch Vier kannte sich Almod in der Minen-Niederlassung recht gut aus. Sollte er trotzdem Schwierigkeiten mit der Orientierung bekommen, genügte eine gemurmelte Frage, und Nhivel Breseadh, der seinen Weg über den Scanner verfolgte, würde ihn subvokal lotsen. Noch mußte er seine Hilfe nicht in Anspruch nehmen; aber er war da, wartete im Hintergrund. Und dieses Wissen genügte vorläufig.

Über computergesteuerte Lifte war er von den Wartungshallen der untersten Ebene ohne Schwierigkeiten bis hinauf zur siebten Etage gekommen, von der aus man hinaus auf den Raumhafen gelangte oder noch weiter hinauf in den Turm mit seinen Hyperfunkanlagen, Almods erklärtes Ziel. Je höher er kam, um so belebter wurde es. Techniker, Roboter und Hangarpersonal hasteten vorbei.

Niemand hielt ihn auf. Warum auch?

Keiner wußte, daß er nicht mehr das war, was man von ihm glaubte. Aufmerksam würde man erst werden, wenn er in die Bereiche eindrang, in denen er eigentlich nichts verloren hatte. So wie jetzt, als er die Tore zum Oberflächenhangar links liegen ließ und sich nach rechts wandte, auf die Türen zu, hinter denen die Aufgänge zum Turm lagen. Er nickte mit unbeteiligtem Gesicht, als er an einer Gruppe von Technikern vorüberkam. Zwei von ihnen runzelten zwar die Stirn, als sie seiner ansichtig wurden, verloren aber gleich wieder das Interesse.

Der Einlaßscanner an der Tür akzeptierte den Impuls von Breseadhs General-Kode; der Öffnungsmechanismus ließ sie aufzischen. Dahinter lag ein kurzer Korridor, der sich zu einem halbrunden Vorraum öffnete, von dem aus mehrere Lifte weiter nach oben führten.

Almod ging hinein und mit einem nichtssagenden Lächeln auf den Techniker zu, der als Wache in dem kleinen Vorraum hinter der Konsole saß und jetzt aufsah.

»Ja?« Er runzelte verwundert die Stirn, als er Almod erblickte. Noch regte sich kein Mißtrauen in seinen Augen. Schließlich hatten ihn die Türscanner passieren lassen.

»Ich komme von Sianas«, sagte Almod und trat näher heran. Mit einem einzigen Blick hatte er die Lage sondiert: Keine Energiebarrieren oder sonstige sensorische Alarmanlagen in diesem Bereich, das erleichterte die Sache ungemein. »Er hat was im Funkraum vergessen. Ich soll es ihm bringen.«

Es war der haarsträubendste Unsinn. Zum Schreien fadenscheinig, aber es funktionierte. Wenigstens für kurze Zeit. Und mehr brauchte Almod auch nicht für das, was er vorhatte.

»Davon weiß ich nichts«, sagte die Wache unschlüssig. »Nicht daß ich was gegen dich hätte, aber ich muß das nachprüfen.«

»Mach das«, erlaubte Almod träge. Er blickte durch den Korridor zurück. Niemand zu sehen. Er klopfte seine Taschen ab, als suche er eine Zigarette. Schließlich wurde er in der Oberschenkeltasche fündig. Doch anstelle eines Glimmröhrchens zog er den kleinen Paralysator hervor.

»Hey, Kumpel!« sagte er leise und scharf.

Die Wache blickte auf – und direkt in die Mündung der kleinen Waffe. Almod schoß.

Der Wächter brach über der Konsole zusammen. Er war für mindestens zwanzig Minuten außer Gefecht gesetzt; der Mann würde außer einem fürchterlichen Kater keinen Schaden davontragen. Almod ließ ihn hängen. Es spielte keine große Rolle, ob er gefunden wurde und wie schnell. Alles was er wollte, war, in die Hyperfunkzentrale zu gelangen, und das möglichst ohne Blutvergießen.

Der ehemalige Hanse-Spezialist nahm dem Wächter die schwere Kombiwaffe ab, die dieser unter der linken Achsel trug, und schaltete sie in Paralysemodus um. Dann trat er an die Luftschächte heran; auch hier handelte es sich um computergesteuerte Rapidlifte, die auf verbal geäußerte Befehle reagierten. Die blinkenden Piktogramme auf den Statusleisten der Aufzüge signalisierten die einzelnen Stationen. Almod trat in einen Lift und gab seine Anweisungen. Die Tür zischte zu, und er war unterwegs.

Alles verlief ziemlich glatt – bis er nach einer halben Minute den Lift verließ, durch eine Lichtschranke lief und Alarm auslöste. Offensichtlich hatten die Sicherheits-Scanner in diesem Bereich den Impuls des Aras mit einer visuellen Abtastung verglichen und den Eindringling als nicht autorisiert erkannt.

Der erste der vier Wächter, die hinter ihren Konsolen im Sicherheitsbereich vor der Zentrale hervorstürzten, lief voll in den Paralysestrahl von Almods Waffe. Ebenso der zweite. Die anderen beiden flitzten auseinander. Was sie vorhatten, war klar: Sie wollten Almod zwingen, sich für einen von ihnen zu entscheiden, so daß ihn der andere erledigen konnte. Ihre Idee war nicht schlecht, ihr Eifer lobenswert, für das miese Gehalt, das die Gesellschaft zahlte. Nur waren sie zu langsam.

Almod grinste kalt. Als ehemaliger Hanse-Spezialist sollte er es noch immer mit jedem lausigen Wächter einer Bergwerkssiedlung aufnehmen können; mit der Erinnerung an sein früheres Leben war auch ein Teil seiner Fähigkeiten zurückgekehrt. Einen der beiden schockte er mit dem Paralysator, noch während er dem anderen hinterherhechtete, sich abrollte, ihn mit einem seitlichen Tritt zu Fall brachte und dann schon wieder stand. Der Mann stöhnte auf, tat so, als würde er sich vor Schmerz wälzen, brachte aber seine Waffe hervor und feuerte.

Almod wich dem Strahl im puren Reflex aus und schoß seinerseits aus nächster Nähe; die Gestalt des Wächters erstarrte. Almod rannte aus der Deckung der Liftröhren über die freie Fläche hinüber zu den Schwingtüren, hinter denen die Hyperfunkzentrale lag.

Der Zugang war nicht extra gesichert, hatte nur einen einfachen Einlaßsensor. Almod fetzte die Chip-Karte mit dem General-Kode durch den Scannerschlitz – die Tür glitt auf. Er stürzte mit vorgehaltener Waffe in die Hyperfunkzentrale. Helligkeit schlug ihm entgegen. Mit einem einzigen Blick sondierte er die Lage: Drei der sieben Konsolen waren besetzt. Die Techniker starrten irritiert auf den großen Kombistrahler in seiner Hand. Der Senior-Tech erhob sich, eine scharfe Falte grub sich über der Nasenwurzel in seine Stirn. Er wollte protestierend aufbegehren, sah dann aber Almods hartes Gesicht – und verstummte.

»Recht so, Kumpel«, knurrte der ehemalige Hanse-Spezialist und winkte mit dem Lauf der Waffe.

Überhastet und nervös folgten die drei der unmißverständlichen Aufforderung und verschwanden nach draußen. Almod veränderte den Kode für den Schließmechanismus auf dem zuständigen Terminal, so daß man von draußen keinen Zugang mehr bekam. Dann schaltete er die Waffe auf Strahlprojektion und verbrannte das Terminal zu einer glasigen Masse. Er kannte sich mit Öffnungsmechanismen dieser Art aus. Ein Notfallsicherungssystem trat in Kraft, daß unter allen Umständen versuchen würde, den Zugang geschlossen zu halten. Schließlich zielte er auf die Tür und verschweißte sie an mehreren Stellen mit gezielten und genau dosierten Schüssen mit dem Rahmen.

Inzwischen schrillten die Alarmsirenen los. Das Wimmern brach aus allen Akustikfeldern und versetzte die oberste Ebene in Aufruhr. Eine mechanische Stimme übertönte den Lärm und sagte: »Achtung! Nichtautorisierter Eindringling in der Funkzentrale. Achtung ...« Sie verstummte mit einem Kreischen, als die Anlage von einem genau plazierten Schuß aus Almods Strahler getroffen wurde; die Internverbindungen erlitten das gleiche Schicksal. Es stank für Sekunden penetrant nach verbrannten Leitungen und Ozon, ehe das wimmernd anlaufende Gebläse Qualm und Rauch durch die Schächte nach draußen beförderte.

»Warum nicht gleich so«, knurrte Almod, als die mechanische Stimme verstummte, und wußte gleichzeitig: So ruhig würde es nicht lange bleiben. In wenigen Sekunden würde draußen auf dem Korridor die Hölle los sein. Er gab sich maximal zwanzig Minuten. So lange würden sie benötigen, den veränderten Öffnungskode zu entschlüsseln, das Sicherungssystem zu überbrücken – nur um festzustellen, daß die Tür zusätzlich verschweißt war. Ein autarker Schweißroboter benötigte dann allerdings nicht mehr als sechzig Sekunden, die Tür aus den Rahmen zu brennen. Wie gesagt, vielleicht zwanzig Minuten – eher weniger.

Höchste Zeit, mit dem zu beginnen, was er beabsichtigte.

Almod warf einen Blick über die Konsolen, über die Phalanx von Bildschirmen, mit denen dieser Raum vollgestopft war. Seine Mundwinkel zuckten. *Standardware,* dachte er. Es war überall gleich: Beim Ausbeuten von Bodenschätzen verwendete man das Beste an Geräten, was der Markt hergab. Die Kommunikationsperipherie aber mußte sich mit Zweitklassigem von New Futaba oder Shindo Prime zufriedengeben. Hier war nichts von Voll-Holographien zu sehen, mit denen beispielsweise die Zentren der Hanse oder der LFT ausgerüstet waren.

Er trat vor eine kompliziert aussehende Konsole, ließ sich in den Gliedersessel nieder und orientierte sich kurz. Dann bediente er die Konsole mit der Geschicklichkeit und Perfektion, als hätte es nie eine Unterbrechung in seinem Leben als Hanse-Spezialist gegeben. Sofort leuchtete ein Bildschirm mit dem Systemlogo der Anlage auf: Sie bekundete ihre Sendebereitschaft.

»Da wären wir«, murmelte Almod höchst zufrieden, »wenn das kein guter Anfang ist!«

Ein weiterer Tastendruck aktivierte den vokalen Pool. Dann sagte Almod:

»Mayday! Mayday. Hier Hanse-Spezialist Vernon Almod, Nummer 97318, Code PRNO K14.« Der Code stammte zwar aus seiner aktiven Zeit, würde aber seinen Zweck auch jetzt noch erfüllen. »Es ist dringend geboten, den Planeten Agama Vier mit einer Truppe Spezialisten anzufliegen ...«

Höllischer Lärm vor der Hyperfunkzentrale ließ ihn einen Augenblick innehalten. Wuchtige Schläge brachten die Wandungen zum Erzittern; man versuchte offenbar, mit schwerem Gerät die Tür aufzubrechen. Almod nahm die Unterlippe zwischen die Zähne. Dann fuhr er mit gebotener Eile fort:

»Vergehen nach Paragraph U5235-D, U5460-F und der Zusatzverordnung 55-71 LFT. Hier Spezialist Nummer 97318, Code PRNO K14. Ende der Meldung.«

Almods Finger huschten über die vielfarbige Sensortastatur der Konsole. Die vokalen Informationen aus dem Pool wurden in eine Datei eingelesen, verschlüsselt und komprimiert. Ungeduldig wartete er darauf, daß der Syntron sein »Abgeschlossen« signalisierte. Als die Schrift auf dem Bildschirm erschien, hieb Almod auf die entsprechende Taste – und lehnte sich für einen Moment aufatmend zurück.

Der Hyperfunkspruch ging hinaus.

Wo immer die hyperschnellen 5-D-Wellen mit diesem speziellen Kode auf eine Relaisstation der Hanse oder der LFT stießen und von dort über eine Kette gleicher Relaissysteme bis zu einem Kontaktbüro vordrangen, es würde sämtliche Alarmklingeln schrillen lassen. Spezialisten würden sich daran machen, den alten Kode zu überprüfen. Andere würden die Spur des Funkspruches zurückverfolgen, um den Ausgangspunkt der Sendung zu lokalisieren und ...

Das Signal einer eintreffenden Sendung schreckte Almod auf; ein Ausdruck gelinder Überraschung trat auf sein Gesicht, bevor er seine Miene wieder unter Kontrolle hatte. Auf dem Schirm manifestierte sich ein Gesicht mit einem Drei-Tage-Bart, scharfen Zügen und schmalen Augen, die düster blickten.

»Hier Spezialist 98312 – Pet Yulal«, drang eine harte Stimme aus dem Akustikfeld. »Dein Bericht ist empfangen worden. Brauchst du Hilfe?«

Almod sog langsam den Atem ein; die Reaktion auf seinen Funkspruch bedeutete eigentlich nur, daß ein Schiff der LFT oder der Hanse zufällig mit ihren Hyperfunk-Scannern seine Sendung aufgeschnappt haben mußte. Eine gewisse Hoffnung keimte in ihm auf.

»Jede, die ich kriegen kann«, sagte er laut. »Aber ob ich überlebe, bis ihr auftaucht, ist fraglich.«

»Laß dich überraschen«, ein flüchtiges Lächeln erschien auf den Lippen des Mannes, »wie schnell wir über Agama Vier sein werden. Wie ist deine Lage?«

»Besch...eiden, würde ich sagen. Ich befinde mich hier in der Hyperfunkzentrale eines Minenkonzerns, und eine Armee unfreundlicher Leute versucht seit einiger Zeit, meiner habhaft zu werden. Sie werden sehr, sehr häßlich zu mir sein, wenn sie rauskriegen, was ich getan habe!«

»Kannst du fliehen und dich eine Weile in der Nähe verstecken?«

Almod nickte. »Das dürfte sich bewerkstelligen lassen.«

»Wie könnten wir dich aufspüren?«

Almod überlegte fieberhaft. Dann: »Könnt ihr eine submikroskopische Sender-Empfängereinheit orten?«

»Können wir, Shu?« Der Hanse-Spezialist zeigte sich überhaupt nicht erstaunt, als er seine Frage an jemanden außerhalb des Erfassungsbereichs der Aufnahmeoptik richtete. Kurz darauf wandte er sich erneut an Almod: »Wir können, sobald wir uns in der Atmosphäre von Agama Vier befinden. – Und jetzt nimm die Beine in die Hand!«

»Ich lache später«, bemerkte Almod. »Aber du hast

recht. Es ist keine Zeit mehr zu verlieren. Das war's, Kumpel. Ende.«

Seine Hand wischte über die Sensorfläche; die Hyperfunkstrecke brach zusammen – und erst jetzt bemerkte er, daß der donnernde Lärm am Eingang abgelöst worden war von einem bösartigen, grellen Zischen.

Die Flammenspur eines Robotschweißers erschien in der rechten oberen Ecke der Tür, fraß sich entlang des Türfalzes nach unten und schwang dann nach links und wieder nach oben; es war abzusehen, wann die Tür nach innen fiel und den Weg frei machte. Almod hatte nicht vor, so lange zu warten.

Einen Augenblick lang betrachtete er die große, gewölbte Scheibe des Fensters, das sich glatt in die Turmwandung einfügte. Dann zuckte er mit den Achseln, schaltete die Kombiwaffe auf Maximalleistung und riß den Stecher nach hinten; die Scheibe beulte sich aus – und schmolz in einem grellen Aufflammen. Sprühende Boden flüssigen Glasitts in allen Farben des Regenbogens platzten nach draußen; ein Teil rann an der Wand herunter und sammelte sich zischend und schäumend in einer großen Lache auf dem Boden, wo es sofort erstarrte.

Almod zögerte keine Sekunde mehr, gab sich keine Zeit, nachzudenken. Hinter ihm knirschte es wild, als ein Robot die Reste der herausgetrennten Tür nach innen rammte. Ein Gefühl der Unwirklichkeit wuchs in ihm, doch er funktionierte wie eine programmierte Maschine. Mit einem wilden Schrei spurtete er auf die Außenwand des Turmes zu. Hechtete durch das Loch ins Freie und ließ sich fallen. Unter ihm klaffte die Tiefe auf; er schrie wieder.

Die Nadel des Kontrollturms stand ziemlich genau am Rande der senkrecht abfallenden Mesa. Wie ein Schatten fiel Almod nach unten. Heißer Wind schlug ihm ins Gesicht. Er stürzte vorbei an der Terkonitwand der Turmes, an den Wänden der ersten Ebene, vorbei an den Hebeplattformen und Stegen, welche die einzelnen Ebenen am Felshang verbanden. Weit unter sich sah er die ameisengleichen Gestalten der Wartungsroboter und Minenarbeiter auf dem Grund der Schlucht. Dann aktivierten seine Finger den Antigrav an seinem Gürtel, justierten ihn – und sein Sturz verlangsamte sich zu einem kontrollierten, schnellen Abstieg.

Minuten später setzte er federgleich auf einer Plattform auf, lief durch einen Gleiterhangar ins Innere, orientierte sich kurz und tauchte ein in die Hektik der vierten Ebene. Hier unten scherte sich kein Mensch um ihn. Unbehelligt erreichte er einen Lastenaufzug, der ihn hinab zur untersten Ebene brachte. Ein höllischer Lärm empfing ihn, als er den Aufzug verließ: Die Reparaturhalle der schweren Erz-Lastengleiter war voll ausgelastet. Es herrschte drückende Hitze. Der Gestank von synthetischen Schmiermitteln und chemischen Reinigungszusätzen war überwältigend und reizte Nasenschleimhäute und Bronchien gleichermaßen.

Unbehelligt eilte Almod durch das Tohuwabohu von halb zerlegten Gleitern und dem Gewirr der Hebebühnen hinüber zu der Rampe, auf der einige schwere Gleiter darauf warteten, wieder in Gebrauch genommen zu werden. Almod sah sich um. Niemand war in unmittelbarer Nähe, dem er etwas hätte erklären müssen.

Er trat an den vordersten in der Reihe heran.

Seine Arbeitsmontur wies ihn als autorisiert aus; keiner der Mechaniker-Robots kümmerte sich um ihn. Die Kanzel klappte hoch. Almod stieg ein, glitt in den Sitz hinter der Steuerkonsole und aktivierte den Antrieb. Die beiden Antigravgeneratoren brummten los. Fast geräuschlos. Das Fahrzeug glitt, von Almods Hand gesteuert, von der Rampe und hinaus durch das Rolltor ins Freie. Einmal draußen, reihte sich Almod ein in den Strom der Gleiter, die zwischen den einzelnen Komplexen hin und her pendelten. Das Wissen, daß er es noch nicht überstanden hatte, beherrschte sein Vorgehen. Jetzt nur keine übereilten Aktionen mehr, die die Aufmerksamkeit von Sianas Wächtern erregen würden. Er schaltete das Interkom ein – aus den Akustikgittern kam nur das übliche Zeugs; nichts davon, daß er gesucht wurde. Konnte ihm nur recht sein.

Inzwischen hatte er die hochaufragenden Pylonen des Startrails passiert. Es wurde Zeit, daß er verschwand. Er schaltete das Impulstriebwerk auf Leistung, beschleunigte und schoß dicht über dem Boden nach Süden. Dort machte die Mesawand einen scharfen Knick nach Osten; dahinter lag ein weites Areal enger Cañons und hochaufragender Klippen, ein unüberschaubares Gewirr von Felsformationen, in das Almod nach wenigen Minuten eintauchte. Hier konnte man eine ganze Raumflotte verstecken, falls es darauf ankam.

Nachdem Almod der Meinung war, tief genug in die Cañons eingedrungen zu sein, suchte er, dicht neben den steil aufragenden Felsabstürzen schwebend, nach einem Versteck. Gleich darauf fand er ein Felsband unter einem leichten Überhang, das breit genug für den Gleiter war, aber weder von unten noch von oben leicht eingesehen werden konnte. Er setzte den Gleiter ab, desaktivierte den Antrieb und fuhr den schweren Sitz nach hinten in eine bequemere Position. Dann legte er die Füße auf die Armaturenkonsole, schloß die Augen und war mit der beunruhigenden Überlegung beschäftigt, wer ihn eher aufspüren würde: Sianas Leute oder die Männer der LAPLACE.

9.

»Alarmstart! Alarmstart ...!«

Die Akustikfelder pulsierten durch das Schiff; die Helligkeit in dem Fünfhundert-Meter-Riesen wurde vom Gefechtssyntron heruntergefahren, so daß sich die Augen umstellen mußten, wenn man die Hauptzentrale mit ihren Holos und Datenterminals betrat.

Keine zwanzig Minuten waren vergangen, seit der Hilferuf vom Planeten Agama Vier aufgefangen worden war – und schon ließ die LAPLACE die Sonnenkorona hinter sich und glitt mit knapp einem Viertel Lichtgeschwindigkeit in den Weltraum. Unmittelbar darauf verließen drei Korvetten und eine Space-Jet die Hangars, beschleunigten im Alarmstart und verschwanden im Hyperraum.

Wieder vergingen nur wenige Minuten.

»Alle Systeme gefechtsbereit«, meldete Lam Janifer von seinem Taktikstand.

»Ausgezeichnet, Lam«, Lajew nickte. »Shu!«

Shu Weiki forschte in Lajews Gesicht vergebens nach Anzeichen von Nervosität. Warum auch. Dies war schließlich keine Schlacht, die geschlagen werden mußte, sondern lediglich eine Strafexpedition gegen eine Bergwerkssiedlung, die nicht einmal Verteidigungsanlagen besaß.

»Schon Nachrichten von den Korvetten und der Space-Jet?«

»Die ersten Statusberichte treffen bereits ein.«

»Laß es mich wissen, sobald sich alle gemeldet haben. – Pet!« Er wandte sich an den Hanse-Spezialisten.

»Schon irgendwelche Informationen über diesen Almod?«

»Es stimmt, was er sagte. Er ist tatsächlich ein ehemaliger Hanse-Spezialist«, verkündete Pet Yulal, der seinen Syntron befragt hatte.

»Na fein«, freute sich Arig Kyle. »Einmal Hanse-Spezialist, immer Hanse-Spezialist.«

Yulal sah ihn scharf an, schwieg aber zu dieser Bemerkung und fuhr statt dessen fort, sich wieder an den ertrusischen Kapitän wendend: »Ich kann mich sogar noch an das Ghola-Debakel erinnern, das Vernon Almods Karriere als Hanse-Spezialist beendete. Hat verdammt viel Staub aufgewirbelt. Noch heute sind die Zweifel an Verhandlungsführung und Rechtmäßigkeit seiner Verurteilung nicht verstummt.«

Nik Lajew ließ den heißen, schwarzen Kaffee in dem Thermobecher kreisen, trank einen Schluck.

Shu meldete sich.

»Kommandant! Eine Meldung von den Korvetten: Die K-LP-2 hat soeben den Hyperraum verlassen und befindet sich auf Höhe des Transmittertores.«

Ein Holo baute sich auf.

»Hunlej hier, Kapitän«, kam die ferne Stimme des Kommandanten der Korvette über die Akustikfelder; hinter ihm war ein Teil der kleinen Zentrale zu sehen. »Das wird dich interessieren ... keine Lebensform-Anzeigen am Tor. Scheint robotgesteuert zu sein.«

Lajew nickte. »Bleib im Orterschutz in der Nähe. Deine Order kennst du. Sobald sich Veränderungen ergeben, Meldung. – Shu, was macht die Space-Jet?«

Statt einer Antwort winkte der Chef der Ortung einem seiner Techniker vor dem doppelten Ring der Konsolen und Displays.

»... haben den Mann gefunden.« Die helle Stimme wurde kurz von starken Störungen überlagert, die jedoch sofort von der Syntronik herausgefiltert wurden. Vor Arigs geistigem Auge erschien das Bild der terranischen Pilotin: ein schlankes, hochgewachsenes Mädchen von neununddreißig Jahren mit kurzgeschnittenem, braunem Haar und einem fröhlichen Lachen im Gesicht. »War nicht schwierig, ihn zu orten.«

»Probleme?«

»Negativ. Sind schon wieder auf dem Rückweg. Haltet die Tore weit offen.«

»Hier K-LP-5«, drängte sich eine mürrische Stimme dazwischen. »Falls ihr euren Rundgesang mal für einen Augenblick unterbrechen könnt: Haben Position bezogen. Ende.«

Die Korvette unter Don Grens Führung hatte einen ganz bestimmten Auftrag: Sie überwachte den kleinen Raumhafen auf der Mesa, falls dort jemand auf die heroische Idee kam, Schwierigkeiten zu machen, und sollte, falls es Nik Lajew für erforderlich hielt, das außerhalb gelegene Kraftwerk der Stadt lahmlegen.

»Sehr gut«, sagte Lajew. »Übertragung Ende.«

Als das Holobild verschwand, traf auch die letzte Klarmeldung der K-LP-7 ein. Die Korvette unter dem Kommando der oxtornischen Hanse-Spezialistin Sann Calep hatte Position auf der Rückseite des inneren Mondes von Agama Vier bezogen. Calep und den übrigen 19 Männern und Frauen – allesamt ausgebildete Kämpfer – fiel die Aufgabe zu, das Raumschiff mit dem Dreieckssymbol auf der Hülle abzufangen, falls es plötzlich im System erscheinen sollte. Zu diesem Zweck waren in der Ekliptik eine Reihe Ortersonden plaziert worden, deren Pikosyns überlichtschnell jeden auftauchenden Gegner anmessen und an die Korvette und die LAPLACE melden würde.

Nik Lajew konsultierte sein Chronometer.

»Wir scheinen im Zeitplan zu liegen«, stellte er zufrieden fest. »Hat man schon versucht, einen Notruf zu senden?«

Shu Weiki schüttelte den Kopf.

»Nichts. Selbst wenn – wir halten den Deckel auf dem Topf. Nichts kann hinaus. Wir kontrollieren sämtliche Frequenzen. Sobald sie einen Hilferuf senden, stören wir jedes Signal.«

»Sie werden nicht senden«, erwartete Pet Yulal. »Sie sind vorsichtig und wissen, daß wir den Notruf bis zum Empfänger verfolgen könnten.«

Einleuchtend, dachte Arig Kyle, der auf einem Nebendisplay verfolgte, wie die Space-Jet im Hangar andockte; drei Gestalten verschwanden in den nach oben führenden Lift und verließen den Erfassungsbereich des Monitors.

Die LAPLACE war inzwischen knapp außerhalb der Atmosphäre von Agama Vier angelangt und hatte einen geostatischen Orbit über der Minenstadt eingenommen. Drunten auf der Oberfläche mußte inzwischen jedem Individuum die Präsenz des Fünfhundert-Meter-Riesen gegenwärtig sein, das seine Blicke nach oben richtete. Abgesehen davon, daß die LAPLACE auf jedem Bildschirm zu sehen sein mußte.

Am Eingang zur Zentrale entstand Bewegung.

Im Licht der Gefechtsbeleuchtung erschien die Pilotin der SJ-LP-9 mit ihrem Co-Piloten, zwischen sich eine breite Gestalt mit hartem Gesicht und düster brennenden Augen. Die an den Gelenken verstärkte Arbeitsmontur konnte die Arm- und Beinmuskeln kaum kaschieren.

Nik Lajew wandte stirnrunzelnd den Kopf. »Was ist denn ...?«

»Unser Gast«, sagte die Pilotin fröhlich und ohne die Stimme zu heben; Servofelder verstärkten jedes Wort und trugen sie über die Weite des Raumes hinüber zu den staffelförmig angeordneten Konsolen, »Vernon Almod.«

»Ah, ja. – Sucht euch einen Platz. Wir reden später.«

»Platz. Wo?«

Der Kapitän der LAPLACE stieß prustend die Luft aus. »Eksdrei!«

Aus den Augenwinkeln sah der Leiter von Kontor Goto, wie sich aus dem Schatten der Brückenrampe die Gestalt des schlanken Serviceroboters löste.

»Zeige den Herrschaften ihre Plätze.«

Eksdrei wandte sich den dreien zu und sagte devot: »Bitte, M'am, Sirs. Wenn Sie mir folgen wollten.«

Seine metallene Hand wies in Richtung einer Sitzgruppe neben Kyle und Pet Yulal.

»Und, Madam und Sirs. Achten Sie bitte auf Ihre Schritte ...«

Kyle grinste, während Pet neben ihm ostentativ hüstelte und Vernon Almod mit einem Handschlag an Bord willkommen hieß.

Almod erwiderte Pets festen Händedruck in gleicher Stärke. Als er etwas sagen wollte, winkte Pet Yulal mit einem Kopfschütteln ab. In der von Hanse-Spezialisten entwickelten Kampfsprache signalisierte er ihm mit den Fingern: *Später! Wir haben noch genug Zeit nach dieser Aktion.*

Almod nickte zustimmend und erwiderte auf gleiche Art: *Die haben wir sicher.*

Das Geschehen in der Zentrale der LAPLACE nahm seinen Fortgang.

Nik Lajew warf seinen inzwischen leeren Thermosbecher Eksdrei zu, der ihn mit einer von menschlichen Augen kaum wahrnehmbaren Bewegung aus der Luft pflückte, und drehte seinen Kommandantensessel in Position.

»Öffne den Kanal, Shu«, bat er.

»Steht!«

»Hier ist die LAPLACE. Kapitän Lajew spricht. Ich rufe den Direktor der Minen-Niederlassung. Im Namen der Liga Freier Terraner erkläre ich, daß Agama Vier unter den Schutz terranischer Gesetze fällt. Nach der Zusatzpräambel des Artikels Neunhundertzweiundzwanzig behält die LFT als Rechtsnachfolgerin des Solaren Imperiums die Schürfrechte auf von Explorern des Kolonisationskommandos entdeckten und katalogisierten Planeten, deren Erschließung durch die LFT neu beantragt und vom Galaktikum bestätigt wurde. Agama Vier ist eine solche Welt. Wer immer dort unten ist, hält sich widerrechtlich auf dem Planeten auf. Ich verlange, daß die Arbeit eingestellt, eine ordnungsgemäße Übergabe vorbereitet und die gesamte Verwaltung an uns übergeben wird. Danach könnt ihr euch von dieser Welt zurückziehen.«

Das Hyperkom blieb stumm. Der Kommandant der LAPLACE wartete zehn lange Sekunden.

»Ein Schweigen ist töricht«, fuhr er dann fort, »da ich weiß, daß meine Nachricht empfangen wird. Sollte keine Antwort kommen, sähe ich mich gezwungen, entsprechende Anordnungen zu geben. Gemäß abgesicherter Übereinkünfte und Verträge zwischen der Gemeinschaft Galaktischer Völker und LFT bin ich als Kapitän dieses Schiffes Repräsentant Terras und dazu befugt.«

Wieder kam nichts aus dem Hyperkom.

Jeder in der Zentrale, der es sich leisten konnte, starrte gebannt auf den nach wie vor leeren Holokubus.

»Er wird nicht antworten«, murmelte Vernon Almod leise und erschrak ein wenig, als die Servofelder seine Bemerkung für jedermann verständlich machten; offenbar hatte er vergessen, wie es bei Gefechtsalarm in einer Zentrale zuging.

»Er wird«, prophezeite Yulal und schnitt eine Grimasse.

»Man läßt mir leider keine Wahl«, sagte der Ertruser jetzt ungehalten und unterschwellig drohend in Richtung des offenen Kanals. »Um jedoch unsere Entschlossenheit in dieser Angelegenheit zu dokumentieren ... eine kleine Demonstration!«

Er drehte den Kopf in Richtung des Holokubus', in dem die Zentrale der K-LP-5 mit dem Gesicht des Kampfkommandanten schwamm.

»Don?«

»Impulsgeschütze sind bereit«, sagte Don Gren, mürrisch wie üblich. »Genau wie ich.«

»Feuersequenz auf mein Kommando. Direktor ...?«

»... Sianas«, warf Almod ein. »Ein Tentra-Blue.«

»Direktor Sianas. Die letzte Chance, meine Forderungen zu erfüllen!«

Es kam nach wie vor keine Antwort.

Lajew legte den Kopf etwas schräg und seufzte. »Ganz wie belieben ... Don, zeig ihm, was wir meinen.«

Auf dem taktischen Hologramm konnte man verfolgen, wie die Strahlenlanzen aus mehreren Impulsgeschützen sich vor der Korvette fokussierten und als mächtige Strahlenbahn auf das Kraftwerk hinabstießen. Das Gebäude zerstob in einem einzigen, gewaltigen Aufflammen. Die glühenden Wolken expandierender Gaspartikel wurden vom scharfen Wüstenwind über die Mesa davongetragen.

»Jetzt dürfte dort unten ein paar Leuten ein Licht aufgegangen sein«, mutmaßte Shu Weiki.

»Ausgegangen ist wohl treffender«, stellte Jason Vindi richtig. Der Chefingenieur der LAPLACE grinste leicht.

»Hervorragend, Don.« Nik Lajew lehnte sich in seinem Sessel zurück. »Nun ... Direktor Sianas. Deine Antwort?«

Schweigen.

Der Ertruser fluchte lautlos. Wenn er etwas haßte, war es die engstirnige Borniertheit subalterner Beamtennaturen, gleich welchem Volk sie entstammten.

»Don. Bring die Kanonen in Position für die Energiestation am Raumhafen ...«

»LAPLACE, hier spricht Sianas, *Blockbewahrer* aus dem Simban-Sektor und Direktor dieser Minensiedlung«, drang die pfeifende Stimme des Blue im reinen Interkosmo aus dem Hyperkom-Akustikfeld. »Stellt die Vernichtung unserer Anlagen ein. Ich für meinen Teil akzeptiere eure Bedingungen, spreche aber nicht im Namen des Konzerns.«

»Es sind nicht *meine* Bedingungen, sondern die der Liga Freier Terraner«, stellte der Ertruser ohne das geringste Anzeichen eines Triumphes richtig, »und ich habe sie dir bereits gestellt. Du brauchst sie nur zu befolgen.«

»Wir entsprechen dem Wunsch, Kapitän. Landet ...«

Nur dreißig Minuten später senkte sich der Koloß, dessen Schatten die Sonne verdunkelte und der den Namen eines Mathematikers und Astronoms aus Terras Frühgeschichte trug, auf den Mesa-Raumhafen hinab.

Das Schiff bewegte sich relativ gesehen zwar schnell, trotzdem war es eine kaum wahrnehmbare Fahrt vor dem sternübersäten Hintergrund des Alls.

Langsam drehte sich die Korvette seit zwei Tagen um die eigene Achse; die sphärische Hülle reflektierte in regelmäßigen Intervallen den Schein entfernter Sterne und das Licht der Sonne Agama. Hinter ihr vollführten Millionen fast identisch aussehender Objekte die gleiche Bewegung und drifteten auf der spiralförmigen Bahn dem Ziel zu, das nun schon fast unmittelbar vor der K-LP-3 lag.

Seit vierundzwanzig Stunden, seit die Korvette in den Strom eingeschert war, hatte man sämtliche Hauptsysteme im Schiff auf eine ortungstechnisch kaum meßbare Ebene heruntergefahren; sie waren im Bereitschafts-Modus: Antrieb, Navigation, Waffen, Ortung. Lediglich die Systeme der Lebenserhaltungsaggregate arbeiteten, jedoch ebenfalls auf niedrigstem Niveau.

Die Passiv-Ortung der Korvette empfing seit geraumer Zeit von einer ganz bestimmten Stelle ein immer stärker werdendes Echo: das Transmittertor.

Nicht mehr lange, und sie würden die Schwelle des Tors überschreiten ...

Damit die Korvette sich so wenig wie möglich von den auf Agama Vier geförderten Erzladungen unterschied, hatte die Crew von Hangar 3 der LAPLACE in Sonderschichten sämtliche Nummern und Schiffszeichen, aber auch alles andere von der Außenhülle der K-LP-3 entfernt, was auch nur den Anschein nach Technik erweckte. Man hatte ihr sogar eine Generalreinigung gegönnt und die Hülle anschließend poliert.

Vier Tage zurück ...

Nick Lajew betrachtete die letzte Statusmeldung, die über einen Monitor wanderte. »Habt ihr euch das auch gut überlegt?«

»Haben wir«, bekräftigte Pet Yulal, während sich Vernon Almod mit knappem Nicken begnügte.

Kyle richtete seine Aufmerksamkeit für einen Augenblick nach draußen; der Ausgang dieser Diskussion war vorgezeichnet. Sein Blick aus dem oberen Drittel des Kontrollturmes, in dem sich die Hyperfunkzentrale befand, ging nahezu ungehindert über den mehrere Quadratkilometer großen

Raumhafen von Agama Vier, sah man von den wirbelnden Staubschleiern und Hitzeschlieren ab, die mit penetranter Regelmäßigkeit die Sicht auf den jenseitigen Rand versperrten. Inmitten der ausgeschleusten Korvetten dominierte auf dem Landeplatz unübersehbar die LAPLACE, sie überragte sogar den Kontrollturm der Bergwerkstadt; die tiefstehende Sonne warf ihren gewaltigen Schatten weit über die Mesa.

Die ausgeschleusten Einsatzteams hatten wirklich schnell und gründlich gearbeitet; binnen eines Vierteltages hatten die einzelnen Gruppen von Hanse-Spezialisten mit Unterstützung von Robotern alle relevanten Schaltzentralen der Bergwerkssiedlung besetzt. Sianas und der Rest des Direktoriums warteten in den Arrestkabinen der LAPLACE darauf, welche Entscheidung die Liga über ihre weitere Zukunft treffen würde.

»Ich hoffe, ihr überschätzt nicht das Risiko«, machte der Kapitän einen letzten Versuch, die drei Männer von ihrem Vorhaben abzubringen, das sie ihm mit knappen, eindringlichen Worten und Argumenten unterbreitet hatten.

Das Vorhaben ...

Mit Pet Yulals eigener Korvette durch das Transmittertor gehen, um herauszufinden, was dahinter lag ...

Das erforderte gewisse Vorbereitungen, die nur mit dem Einverständnis des Kapitäns getroffen werden konnten.

»Na gut«, sagte der ertrusische Kapitän der LAPLACE schließlich. »Sagt meinem Hangarchef, was ihr alles benötigt.«

Das alles lag über vier mal vierundzwanzig Stunden Standardzeit zurück.

Daran dachte Kyle jetzt. Er bewegte sich unbehaglich in seinem Gliedersessel; alle trugen sie ihre SERUNS, aber er war daran nicht so gewöhnt wie die beiden anderen Männer, denen der Anzug fast schon zur zweiten Haut geworden schien. Sie schliefen und sie wachten in diesem High-Tech-Lebenserhaltungssystem terranischer Fertigung.

Neben Arig Kyle saß Pet Yulal im Sitz des Kommandanten, den er aufgrund seiner Ausbildung für sich beansprucht hatte; Vernon, der ehemalige Hanse-Spezialist, hatte den Platz vor den Taktikkonsolen eingenommen. Sie überwachten die Annäherungsfunktionen der Korvette an das Transmittertor über die Helmdisplays ihrer SERUNS.

Nicht mehr lange, und sie waren *drüben*, drüben auf der anderen Seite des Tores, wo immer das liegen mochte und was immer sie auch dort erwarten würde. Der Ablauf ihrer Mission war bis ins kleinste Detail durchgesprochen; trotzdem lag eine gewisse Anspannung in der Luft. Plötzlich verstärkte sich das Gefühl von Unwirklichkeit, und er erinnerte sich, daß der fremde Raumer mit seiner extremen Bewaffnung jeden Augenblick aus dem Hyperraum springen und das Beiboot vernichten konnte.

Erneut vollendete die Korvette eine Drehung ...

Die Sonne Agama driftete aus dem Sichtbereich der Hauptschirme, statt ihrer kam die *Nabelschnur* wieder in Sicht: eine trichterförmige, bläulich-weiße Leuchterscheinung. Sichtbares Zeichen, daß die Metagrav-Wandler des Transmittertores ständig Hyperenergien aus dem Raum um die Sonne zapften.

Stumm beobachteten die drei Männer, wie das Tor wieder in den Erfassungsbereich der Schirme kam.

Das Tor: ein überdimensionierter Siegelring. Wobei das »Siegel« mehr als Sockel angesehen werden mußte, in dem der Ring gefaßt war. Auf der Außenseite glatt wirkend, die Innenseite mit deutlich erkennbaren, wellenförmigen Ausbuchtungen, die ihm das Aussehen eines innenverzahnten Kreises gab. Mit einer lichten Weite von maximal siebzig Metern umschloß er das eigentliche Transmitterfeld. Der Außendurchmesser des Tores betrug neunzig Meter. Die Schaltzentrale des Tores war im »Sockel« untergebracht. Die Anlage hatte keine Torwächter, wie Ris Hunlej mit der K-LP-2 herausgefunden hatte, nachdem er lange Zeit in der Nähe des Tores verbracht hatte, sondern arbeitete vollrobotisch.

Drei weitere Umdrehungen später war das Tor so nahe gekommen, daß die Pikosyns der SERUNS die hyperenergetische Hochfrequenzstrahlung des Transmitterfeldes als bedrohlich für die normalenergetischen Denkprozesse mit ihrer elektrischen Erregung der Neuronen in den Nervenzellen der Männer registrierten und die Schutzschirme aktivierten.

Noch zehn Minuten.

Almod starrte die Taktikkonsole der Korvette an, als wolle er sie hypnotisieren. Seine Hände schwebten über der hufeisenförmig geschwungenen, vielfarbigen Sensortastatur, bereit, jedem auftauchenden Gegner sofort entsprechend Paroli zu bieten.

Pet Yulal wiegte sich in seinem Gliedersessel und starrte auf seine Monitoren. Die Datendisplays seiner Konsole zeigten die Bereitschaft der Funk-, Ortungs- und Antriebssysteme.

Drei Minuten.

Kyle tat nichts. Er war nervös, deshalb verhielt er sich ruhig. Dies hier war ein Gebiet, das er besser den beiden Spezialisten überließ ...

Zwei Minuten. Zweimal sechzig Sekunden. Wie lange die sich hinziehen konnten!

Der Bordsyntron projizierte ein kleines Holo in die Luft über die Hauptkonsole, über das nun im Sekundentakt die Restzeit verstrich ...

Dann tauchte die K-LP-3 ein in das wabernde Energiefeld des Transmittertores – und war durch.

10.

Der Übergang dauerte nicht länger als einen Lidschlag.

Sekundenbruchteile gab sich Arig Kyle der Benommenheit hin, die als Folge der Entstofflichung und anschließender Rematerialisierung auftrat.

Die Syntronik fuhr alle Systeme in der Korvette auf Normallast. Ein Kontakt schloß sich ohne menschliches Zutun, und die SyntroLog-Anlage begann zu arbeiten. Sie würde nicht nur alles aufzeichnen, nein, die Experten unter Shu Weikis Leitung hatten ihr ein Modem beigefügt, das alle sechzig Sekunden die Daten aus der Anlage per Hyperfunk an die Gegenstation der LAPLACE abstrahlte, egal wie weit sie auch entfernt sein mochte. Der Fünfhundert-Meter-Koloß würde seinem Beiboot in einem Gewaltsprung durch den Hyperraum folgen, sobald die ersten verwertbaren Daten eintreffen sollten.

Pet Yulal richtete sich im Sessel auf.

»Syntron: Drehung stoppen! Taktische Darstellung!

Über der Konsole erschien eine blau-weiß strahlende Miniatursonne, in eine Vektorgrafik eingebettet, daneben ließ der Syntron die Daten abrollen: Die Sonne war ein Helium-Riese mit einem Durchmesser von 550 Millionen Kilometern und einer Leuchtkraft, die die irdische Sonne um den Faktor Zehntausend übertraf. Drei Planeten gesellten sich hinzu; die Welten waren sehr groß und besaßen durchwegs ausgeprägte Ringsysteme nach Art der Saturnringe. Der dem Schiff nächstgelegene Planet wurde in einer für astronomische Begriffe lächerlich geringen Entfernung registriert.

»Visuelle Darstellung!«

Gleißende Helligkeit drang über die Schirme in die Zentrale der Korvette.

»Was zum –?« murmelte Almod und starrte gebannt auf die Schirme. Vor dem Schiff tauchte ein mit riesigen Einschlagkratern übersäter Asteroid auf, verursacht von kleineren Asteroidentrümmern, und driftete nach links hinten weg, als die Syntronik der Korvette einen rechtsgerichteten Vektor gab. Die Kraterränder definierten die Scanner als zehn Kilometer hohe Klippen. Dahinter erstreckten sich Tausende von Ringen, die sich majestätisch um die Planetenkrümmungen schwangen. Milliarden und aber Milliarden von Partikeln, von Staubkörnchen bis zu korvettgroßen Trümmerstücken stießen in den durchschnittlich mehrere Kilometer dicken Ringen unablässig zusammen und wurden wieder auseinandergetrieben.

Und dazwischen ...

»Heilige Mutter der Intelligenz!« Kyle gab einen tiefen Kehllaut von sich. »Seht euch das an!«

Das Bild, das sich den drei Männern bot und von den Anzeigen der Scanner unterstrichen wurde, war mehr als faszinierend und überraschend. Es beantwortete eine Menge von Fragen – die tausendfach hintereinander gestaffelten Asteroidenringe bildeten das Sammelbecken für etwas ganz anderes: Die Scanner der Korvette zeigten, daß sich zwischen den Milliarden größerer und kleinerer Fels- und Methaneisbrocken die Erzladungen aus dem Agama-System verbargen. Die Restfahrt, mit der die Erzladungen aus dem Transmittertor drifteten, reichte aus, um sie in die Nähe des gigantischen Planeten zu bringen, dessen Gravitationsfeld dann nach ihnen griff, sie einfing und sich einverleibte.

Eine unerschöpfliche Rohstoffquelle für das hier herrschende Wirtschaftssystem.

»Das ist es in der Tat«, pflichtete Pet seinem Freund bei, als ihm dieser seine Mutmaßungen unterbreitete.

Die Korvette hatte ihre Tarnung bisher nicht ganz aufgegeben; mit der Geschwindigkeit, mit der sie das Transmittertor passiert hatte, trieb sie auf den nächstgelegenen Planeten des Helium-Riesen zu. Ihr Kurs würde sie in einer sehr flachen Parabel direkt in einen der Asteroidenringe bringen, wie die von der Syntronik generierte Bahntangente im Hologramm zeigte ...

Das Transmittertor!

Kyle ließ seinen Sessel nach rechts schwingen und starrte auf die Achternmonitoren. Dort zeigten sich nur die Sternkonstellationen des sie umgebenden Sektors.

»Himmel, wo ist das Tor?«

Arigs Verblüffung war verständlich: Von der Gegenstation des Transmittertores war weit und breit nichts zu sehen. Lediglich auf einem Display generierte die Syntronik aus den schwachen Spuren der Energiesignatur, die das Tor auf dieser Seite hinterlassen hatte, eine virtuelle Vision des Durchganges, die langsam verblaßte. Visuell war nichts zu erkennen.

»Ein Einbahn-Tor, was sonst«, kommentierte Yulal ungerührt und wandte sich erneut an den Schiffscomputer.

»Situationsbeschreibung. Wo befinden wir uns?«

Die angenehme Stimme des Astro-Syntrons, der aus den Archiven NATHANS ständig auf dem neuesten Stand gehalten wurde, ließ sich vernehmen:

Aquari-Region.

Entfernungen: vierzigtausend Lichtjahre von der Erde und achtzehntausend von Agama.

Bestehend aus: sieben Sonnen vom G-Typ, ein Helium-Riese.

Insgesamt acht bewohnte Welten.

Population: 2,12 Milliarden Individuen nach letztem Zensus.

Vorherrschende Wirtschaftsform: Rohstoff-Gewinnung. Schwerindustrie.

Vorherrschender Wirtschaftsfaktor: Triton-Kombinat.

»Womit wir wissen, wer Hölle Hoch Vier zu verantworten hat«, stieß Vernon Almod hervor. »Ich frage mich ...«

Niemand sollte erfahren, was er sich fragte, denn die Ortungswarnung jaulte los.

»Achtung – Achtung. Schiff nähert sich auf Kollisionskurs«, mahnte die synthetische Stimme.

»Wir bekommen Gesellschaft«, sagte Kyle überflüssigerweise.

»Das sehe ich.« Pet Yulal blieb gelassen wie immer. »Abwehrschirme hoch!«

In Gedankenschnelle fuhr die Syntronik die mehrfach gestaffelten HÜ- und Paratronschirme hoch. Und mit der gleichen Schnelligkeit erfaßten die Scanner der K-LP-6 das fremde Schiff, das sich mit Überfahrt auf einem Abfangkurs näherte, wie der im Taktikholo generierte Anflugvektor erkennen ließ.

Auf den Schirmen erschien ein Kugelraumer von 150 Metern Durchmesser. Der Ringwulst war nur schwach ausgeprägt, die stumpfschwarze Hülle von buckelförmigen Auswüchsen übersät, hinter denen sich starke Offensiv-Waffensysteme verbargen, wie Kyle wußte, der jetzt einen grimmigen Fluch ausstieß.

Der Raumer war ihm nicht ganz unbekannt. Es war das gleiche Schiff, das für die Vernichtung der ALLURA und den Tod der beiden Spezialisten verantwortlich zeichnete; er hatte es schon einmal in einer Hologrammaufzeichnung gesehen. Offenbar patrouillierte es in der Umgebung des Tores, um ungebetene Besucher davon abzuhalten, herauszufinden, wie hier mitten im Raum

Kugeln aus reinem Erz scheinbar aus dem Nichts erschienen.

»Wäre es nicht besser, wir machen uns davon?« rief er laut in das Jaulen der noch immer aktivierten Ortungswarnung.

Almod schüttelte mißbilligend den Schädel.

»Fersengeld geben? Niemals!« stieß er zwischen den Zähnen hervor. Seine Finger legten sich über die Symunikatortastatur seines Taktiksyntrons, dessen Sensoren das fremde Raumschiff schon in einer virtuellen Gefechtsfeldsituation im Holokubus darstellte.

»Dürfte auch zu spät dazu sein«, stellte Pet knapp fest. Seine Hand unterbrach den Ortungsalarm. »Wir brauchen wenigstens ein paar Minuten, um die Metagravs hochzufahren – aus dem Level, in dem sie sich zur Zeit befinden. Außerdem sind wir zu nahe an diesen verdammten Asteroidengürteln. Der Weltraum ist voll mit großen und kleinen Brocken, durch die die Syntronik sich erst einen Weg suchen müßte – was noch mehr Zeit beansprucht. Tun wir so, als würden wir uns ihm stellen und versuchen dann, zu ... oh, verdammt!« Pet brach gepreßt ab.

Eine grellblaue Lichtflut war aus einer der Geschützkuppeln des Verfolgers gesprungen, bewegte sich lichtschnell auf die Korvette zu – und wurde von dem konkav gewölbten Paratronfeld, das ein Mini-Schlüssel-Fangfeld vor dem Auftreffen entstehen ließ, defokussiert und in den Weltraum abgeleitet. Der Defensiv-Syntron hatte die Waffenstrahlen des Gegners überlichtschnell angemessen, ausgewertet, den Auftreffpunkt ermittelt, den Energiegehalt nach dem Mündungsfeuer bestimmt und daraufhin die Energiedichte des Abwehrschirmes festgelegt.

Pet änderte leicht den Kurs der Korvette, als ein hausgroßer Asteroid mit einem ganzen Schwarm von

Felsbrocken im Schlepp, die er mit seinem schwachen Schwerkraftfeld an sich gefesselt hatte, auf die K-LP-6 zufegte. Dahinter tauchte einer der Ringe in gefährlicher Nähe auf. Yulal vollführte ein halsbrecherisches Ausweichmanöver, das ihn hart am Rand des Ringes entlangführte; Fels- und Eisbrocken strömten in endloser Folge an der Korvette vorbei. Dann stieß er in einem Winkel von neunzig Grad an dem Asteroidenring nach oben, dann unmittelbar danach nach rechts, um nur Sekunden später wieder nach unten zu stoßen ...

Ein gewaltiger Schlag traf das Beiboot und brachte die Hülle zum Dröhnen und Schwingen.

Almod stieß einen wilden Schrei aus, während er seine Taktikkonsole bediente und konzentrierte Feuerstöße aus Desintegratoren-Impulsgeschützen auf den Verfolger auslöste, die dieser mit wabernden Abwehrschirmen in den Weltraum ableitete, um erneut zum Angriff überzugehen. Transformbomben hatte er nicht zur Verfügung.

Rings um die K-LP-6 flammte grelles Licht auf, wenn die abgeleiteten Feuerstöße kleinere Felsbrocken trafen und diese als glitzernde Wolken zerstoben.

Jedesmal, wenn die Korvette einem größeren Brocken zu nahe kam, gellte das Heulen der Kollisionswarnung durch die kleine Zentrale.

»Wir müssen hier heraus!« rief Kyle. »Er treibt uns immer tiefer in die Ringe hinein.«

Die Taktik des Gegners war das Ergebnis der logischen Algorithmen seiner Gefechtscomputer. Die Korvette war weniger stark bewaffnet, besaß jedoch eine bessere Manövrierfähigkeit, was das Handikap der schwächeren Waffensysteme in gewissen Maßen wieder wettmachte. Allerdings, einmal tief genug im Asteroidenring, konnte sie ihre Schnelligkeit nicht mehr ausspielen. Ihr Gegner hingegen hatte eine wesentlich längere Kampfdistanz und war daher in der Lage, sie auch von außerhalb zu treffen.

Die Syntronik berechnete ein Ausweichmanöver nach dem anderen, während sie gleichzeitig versuchte, ein Schwerkraftzentrum aufzubauen, durch das die Korvette in den Hyperraum entweichen konnte. Doch die Heftigkeit des Gefechts zog zuviel Energie aus den Maschinen des Beibootes, so daß der für die Metagravs zuständige Syntron sich immer wieder den anderen Systemen unterordnen mußte. Der Zeitpunkt war abzusehen, an dem es das eigene Feuer einstellen und sein Heil in der Flucht suchen mußte – falls es dann noch möglich war.

Kyle funkte seit Minuten auf sämtlichen Frequenzen einen Notruf.

Wo nur die LAPLACE blieb?

Doch dann erfuhr die Korvette unerwartet Unterstützung ...

Mit Strukturerschütterungen, die selbst von den Scannern lichtjahreweit entfernter Schiffe registriert wurden, traten zwei Dreihundert-Meter-Kugelraumer in nicht mehr als vierhunderttausend Kilometern Entfernung aus dem Hyperraum. Erschreckend nahe ... die Kreuzer orientierten sich in Sekundenbruchteilen und beschleunigten in der gleichen Zeit auf irrwitzige Geschwindigkeit, um sich dem Verfolger der Korvette in den Weg zu stellen.

Nahezu zeitgleich zeigte sich auf dem Hauptschirm der Korvette das Gesicht eines breitschultrigen Epsalers.

»Hier spricht Kommandant Low Mosbj von der DAHSCHUR«, dröhnte seine Stimme aus dem Akustikfeld. »Haben euren Notruf aufgefangen. Schätze, wir kommen noch rechtzeitig, oder? Wollt ihr nicht an Bord? Meine Hangarcrew wartet.«

Auf der Brücke der K-LP-3 brach Jubel aus.

»Verstanden, DAHSCHUR«, gab Kyle zurück. »Wo immer ihr auch herkommt, ihr seid willkommen!«

Pet erhöhte den Vektorschub der Triebwerke, schoß in einem bogenförmigen Kurs nach oben aus dem Ring, bis er hinter dem Kreuzer war. Dann drehte er die Korvette bei, verringerte die Geschwindigkeit und nahm Kurs auf das Schiff, auf dessen Hülle neben dem unübersehbaren Symbol der LFT der Name DAHSCHUR in riesigen Lettern prangte. Schließlich bremste er ab. Und während sich das Beiboot der LAPLACE dem weit offenen Hangar des Kreuzers näherte, konnten die drei Männer verfolgen, wie sich aus den Waffenkuppeln des zweiten Kreuzers, der CHUFU, lange Bahnen gleißender Energie lösten und lichtschnell auf den schwarzen Kugelraumer trafen. Dazu sahen sie die grellen Detonationen von Transformbomben. Sie trieben in einer gewaltigen, lautlosen Explosion die Zelle auseinander und verstreuten sie als glitzernde Wolke mikroskopisch winziger Teilchen im Weltraum.

Aber da schlossen sich bereits die Hangartore der DAHSCHUR hinter der Korvette.

Und erst jetzt waren die Männer sicher, daß sie es geschafft hatten.

Hinter Kyle, Yulal und Vernon Almod lagen ein paar hektische Tage. Tage, in denen sich unter anderem auch eine Freundschaft zwischen Vernon und den anderen beiden Männern entwickelte, die Dauer versprach.

Nachdem der Kommandant der DAHSCHUR sie in der Aquari-Region buchstäblich im letzten Augenblick vor der Vernichtung durch das schwarze Raumschiff, dessen Zugehörigkeit zum Triton-Kombinat inzwischen außer Frage stand, gerettet hatte, war unmittelbar darauf die LAPLACE aus dem Hyperraum gekommen, um den drei Männern zu Hilfe zu eilen.

Kurz danach waren sie zurück nach Agama Vier geflogen, wo inzwischen eine kleine Armada von Schiffen der Hanse mit der Ausschleusung von Verwaltungsfachleuten begonnen hatte, unterstützt von Ingenieuren und Technikern der Energieversorgung, die unverzüglich die Arbeit aufgenommen hatten, um die Übergabe so reibungslos wie möglich zu gestalten. Mehrere Ärzteteams arbeiteten rund um die Uhr, um die Minenarbeiter von ihren Neuro-Chips zu befreien.

Erst nach und nach kristallisierte sich das ganze Ausmaß der elektronischen Versklavung heraus, die der Blue Sianas mit Hilfe eines skrupellosen Apparates und der Unterstützung eines Gremiums Leitender Angestellter, Managern der mittleren und oberen Führungsebene, Sachverständiger und Sicherheitsexperten aus der Konzernzentrale des Triton-Kombinats auf dem Planeten errichtet hatte und dadurch zu einer *Hölle Hoch Vier* machte.

Schließlich rief ein dringender Hyperspruch Arig Kyle und die beiden anderen nach Terrania-City. Für die störungsfreie Reise sorgte die LAPLACE.

Sechzehn Stunden nach dem Start von Agama Vier hatte der LFT-Raumer bereits die Solare Koordinationsstelle Neptun passiert, hatte sich identifiziert und im Gegenzug von der Raumüberwachung die Freigabe zum Weiterflug zur Erde erhalten. Rund eine halbe Stunde später hatte die LAPLACE Terra erreicht und zweihundert Kilometer über Terrania Position bezogen.

Ein Beauftragter der Stellaren Handelsgesellschaft war per Transmitter in der Hauptzentrale der LAPLACE erschienen, hatte Kyle, Almod und Pet in Empfang genommen – und sie mitten in die hektische Betriebsamkeit des Abschnittes von HQ-Hanse gebracht, in dem die vielfältigen Aufgaben der Stellaren Handelsgesellschaft von einem Heer von Angestellten abgewickelt wurden.

Ein paar unbeteiligt blickende Männer sichteten den Berg an Material, den sie mitgebracht hatten, stellten ihnen in einem Besprechungsraum eine Reihe von Fragen, die sie ausführlich und wahrheitsgemäß beantworteten. Danach wurden sie von ihrem schweigsamen Begleiter zu einem Vorzimmer des Direktors gebracht und einer Assistentin übergeben, die nach einem Blick auf ihren Datenblock alle drei sogleich zu einem opulenten Brunch in eine auf der gleichen Ebene befindliche Cafeteria verschleppte – auf der östlichen Hemisphäre Terras war es zu diesem Zeitpunkt später Vormittag.

Mittlerweile war es Abend geworden.

Sie saßen zusammen mit Roul Hamil hoch über Terrania-City auf einer der großen Dachterrassen von der HQ-Hanse; der Blick ging ungehindert über die Mega-Stadt. Der Höhenwind zerrte an ihren Haaren. Im Hintergrund der weitläufigen Terrasse standen und saßen ungefähr sechzig Personen in zwanglosen Gruppen zusammen, unterhielten sich und tranken. Ihre Gespräche drangen nicht bis zu den vier Männern, die um einen Tisch saßen.

»Welchem Zufall haben wir es denn zu verdanken, daß die DASHUR und die CHUFU ausgerechnet im Aquari-System operierten und uns so zur Hilfe eilen konnten?«

Hamil sah Kyle etwas seltsam an. »Der Zufall heißt Arig Kyle. Vielmehr der Fehler, den du gemacht hast.«

Kyle runzelte die Stirn. »Erklärung?«

Der Direktor verschränkte die Finger und betrachtete angelegentlich den Inhalt seines Glases. Dann wandte er sich wieder an den Leiter von Kontor Goto. »Du erinnerst dich, daß du dir das Symbol auf der Hülle des fremden Raumschiffes als Dreieck erklärt hast. Richtig?«

Kyle nickte zögernd.

Der Direktor schüttelte den Kopf.

»Falsch, aber ...« er hob abwehrend die Hand, als Kyle etwas sagen wollte, »... das konnte niemand zu diesem Zeitpunkt wissen. Wir schlugen uns mit dem Umstand herum, daß uns offensichtlich von einer Wirtschaftsgruppe der Erzmarkt streitig gemacht wurde. Zuerst war die Erzmenge, die auf den Börsen des Galaktikums angeboten wurde, kaum groß genug, um sich auf den Preis auszuwirken. Deshalb nahmen wir auch wenig Notiz davon – die Hanse war übrigens nicht das einzige Unternehmen, das von diesem Problem tangiert wurde –, aber allmählich nahm das Angebot überhand. Die Preise begannen, in den Keller zu fallen, zum Schaden der Minenbesitzer – und zur Freude der Industrie. Und wir mußten uns doch damit befassen. In unserem ureigensten Interesse, versteht sich. Wir fanden heraus, daß das Triton-Kombinat mit einem schier unerschöpflichen Angebot an Rohstoffen aus Aquari den Markt übersättigte.«

Hamil schloß für einen Moment die Augen.

»Deshalb schickte ich in Übereinstimmung mit Homer G. Adams die zwei Kreuzer in das System. Sie sollten als Rückendeckung für eine kleine Gruppe von Spezialisten dienen, die wir einzuschleusen gedachten. Zum gleichen Zeitpunkt konfrontierte mich ein gewisser Arig Kyle mit dem Problem im Agama-System. Deine Darstellung des Schiffs-Symbols ließ mir keine Ruhe. Ich war überzeugt, daß ich es schon einmal gesehen hatte. Aber erst als ich über den Archiv-Syntron Nachforschungen in den Datenbanken des Galaktischen Handelsregisters anstellte, wurde mir der Zusammenhang klar. Dieses Dreieckssymbol auf der

Hülle des schwarzen Raumschiffes stellte in Wirklichkeit nämlich einen Dreizack dar. Und der Dreizack ist das Firmenlogo des Triton-Kombinats. Und so kam es, daß ihr von zwei Kreuzern der LFT aus eurer mißlichen Lage befreit werden konntet.«

»Und, hat man Triton und den Drahtzieher hinter allem schon zur Rechenschaft gezogen?« wollte Kyle wissen und betrachtete sinnend die goldene Flüssigkeit in seinem Glas.

»Das Direktorium von Agama Vier sieht seinem Prozeß entgegen.«

»Sinias und die anderen?«

»Einschließlich des Medikers von Aralon. Dessen Verhalten allerdings wird sich strafmildernd auswirken. Da bin ich sicher.«

»Abzusehen, wann es zu den Verhandlungen kommt?«

Hamil schüttelte den Kopf.

»Justitias Mühlen mahlen bekanntlich langsam.«

»Bisweilen soll sie auch blind sein«, lästerte Pet Yulal.

»Kein Wunder – bei dem Alter!« versetzte Arig und grinste schwach.

»Wie dem auch sei«, der Leiter der Abteilung für Stellare Handelsbeziehungen nickte einer Direktionsassistentin zu, die mit wehenden Haaren vorüberging, ehe er sich direkt an den ehemaligen Hanse-Spezialisten wandte. »Du hast viel für uns und Terra getan.«

»Es fiel mir nicht mal schwer«, gestand Vernon Almod. »Seltsamerweise mußte ich nicht lange überlegen, das zu tun, was zu tun war. Obwohl für mich eigentlich kein Anlaß mehr dazu bestand, übermäßig viel Loyalität zu empfinden.«

Hamil nickte. »Verstehe. Übrigens ...«, und die folgenden Worte machten deutlich, daß er sich kundig gemacht hatte, »die Kollegen im Ghola-System haben da wohl ein wenig überreagiert; sie sind dabei, dich voll zu rehabilitieren.«

Der ehemalige Hanse-Spezialist preßte die Lippen zusammen, und eine tiefe Falte entstand über seiner Nasenwurzel. Ein startendes Raumschiff zog eine Spur durch die Atmosphäre über der Gobi; eine blitzende Kugel im späten Licht der Sonne. Schließlich wandte er seine Aufmerksamkeit wieder Hamil zu.

»Es gibt da etwas ...«, begann er halblaut, doch der Direktor unterbrach ihn mit einer sparsamen Handbewegung.

»Die Tatsache, daß es in dieser Akte noch immer das Gutachten eines Psychiaters gibt, hat nichts mehr zu bedeuten; es wird in diesem Augenblick zur Makulatur. Du hast mein Wort!«

»Wenn du es sagst«, murmelte Vernon Almod und sah das aufmunternde Lächeln der beiden Freunde.

»Ich sage es. Und ich sage noch etwas: Würdest du – mit Pet Yulal als Tutor – wieder für uns arbeiten wollen? Überleg es dir reiflich: Ich gebe dir genau fünf Sekunden Zeit dafür.«

»Das ist Erpressung!« Almods Protest kam nur halbherzig.

»Aber ja.« Roul Hamil grinste wie ein Faun. »Wußtest du nicht, daß dies ein nicht unwesentlicher Bestandteil unserer ... übrigens für Terra und die Liga der Freien Terraner sehr erfolgreichen ... Arbeit ist?«

»Jetzt weiß er's«, meinte Yulal.

»Die fünf Sekunden!« mahnte Hamil.

Vernon schwieg und überlegte. Schließlich sagte er mit rauher Stimme: »Gut. Ich akzeptiere. Vorausgesetzt, ich bekomme eine angemessene Entschädigung für die verlorene Zeit.«

»Vergiß auch nicht, die Frage des nachzuzahlenden

Gehaltes zu klären«, meinte Arig Kyle und prostete ostentativ Hamil zu, der sich an seinem Drink fast verschluckte.

»Wir wollen doch nicht gleich übertreiben«, tadelte der Direktor und lächelte freudlos. Dann stand er auf und sagte abschließend: »Ich werde euch drei jetzt besser verlassen und mich meinen weniger aufregenden Geschäften widmen. Von irgendwas muß ich ja dein neues Gehalt bezahlen können, Almod. Außerdem ist über eine angemessene Entschädigung sicher noch nicht das letzte Wort gefallen.«

Er verabschiedete sich von den Männern und begab sich nach unten in seine Räume.

»Irgendwie habe ich das Gefühl«, sagte Arig halblaut, »daß gleich der große Aufbruch ablaufen wird. Oder irre ich?«

»Du irrst keineswegs.« Pet Yulal trank sein Glas aus; die Ringe an seinen Ohren klirrten leise. »Die LAPLACE startet in weniger als zwei Stunden, mit Vern und mir an Bord. Wir werden uns auf den Weg machen. Und du?«

Arig machte eine unbestimmte Handbewegung.

»Ich muß bis morgen warten. Dann fliege ich mit einem Frachter nach Goto zurück, der heute nacht noch einige wenige Güter an Bord nimmt.«

Die drei erhoben sich und grinsten einander an, um ihre Verlegenheit zu kaschieren.

»Gebt auf euch acht«, meinte Arig.

»Das, glaube ich, kann ich zusichern«, versprach Pet Yulal.

»Wir hören hoffentlich wieder voneinander, nicht wahr?«

»Natürlich, Vernon!« bekräftigte der Kontorist und schüttelte erst ihm, dann Pet Yulal die Hand. »Und jetzt verschwindet, ehe ich zu flennen beginne. Solltet Ihr zufällig mal in die Nähe Gotos kommen – zögert nicht, vorbeizuschauen. Versprochen?«

»Versprochen!«

Die beiden Hanse-Spezialisten gingen.

Eine halbe Stunde später machte sich auch Arig Kyle auf den Weg zum Raumhafen. Und irgendwie hatte er das Gefühl, den beiden bald, sehr bald wieder zu begegnen.